완득이

KB076100

완득이

김려령 장편소설

창비

차례

1부

야, 이 ㅅㅅ야!

체벌 99대 집행유예 12개월

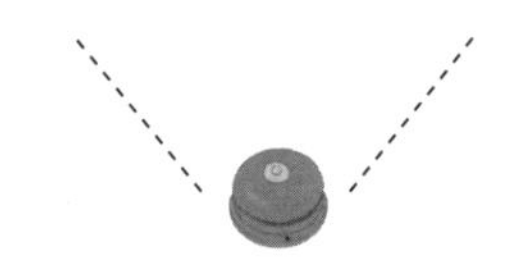

'똥주한테 헌금 얼마나 받아먹으셨어요. 나도 나중에 돈 벌면 그만큼 낸다니까요. 그러니까 제발 똥주 좀 죽여주세요. 벼락 맞아 죽게 하든가, 자동차에 치여 죽게 하든가. 일주일 내내 남 괴롭히고, 일요일 날 여기 와서 기도하면 다 용서해주는 거예요? 뭐가 그래요? 만약에 교회 룰이 그렇다면 당장 바꾸세요. 그거 틀린 거예요. 이번 주에 안 죽여주면 나 또 옵니다. 거룩하시고 전능하신 하나님 이름으로 기도드리옵나이다. 아멘.'

"자매님 오셨네요."

어눌한 말씨에 곱슬머리와 까만 피부, 짙은 쌍꺼풀이 딱 동남아 사람이다. 하지만 굳이 나라를 물어본 적은 없다. 이 교회에 세 번 왔는데 세 번 다 이 남자를 만났다. 나는 남자를 대충 훑어보고 교회를 나왔다. 무식한 인간. 남자끼리 자매가 뭐야. 똥주가 다니는 교회만 아니었으면 여기 안 왔다.

"하이고 새끼들, 공부하는 거 봐라. 공부하지 말라니까? 어차피 세상은 특별한 놈 두어 명이 끌고 가는 거야. 고 두어 명 빼고 나머지는 그저 인구수 채우는 기능밖에 없어. 니들은 벌써 그 기능 다했고."

조폭 스승, 담임 똥주다. 자기가 조폭으로 키운 건 아닌데 제자들이 알아서 조폭이 되더라나. 엎치나 뒤치나 그게 그거라며 스스로 조폭 스승이라고 한다.

"완득이 봐라. 신체조건, 욱하는 성질, 주변 환경, 어디 하나 조폭으로서 모자람이 없다. 낫 놓고 기역 자는 몰라도 낫으로 지를 줄은 아는 천부적인 쌈꾼이 될 것이다. 잘되면 나 잊지 마라."

똥주가 웃자고 한 말에 아무도 웃지 않았다. 잘못 웃었다가는 똥주한테 이상한 선고를 받을 테니까. 그런데 똥주는 조폭에 대해 아는 게 별로 없는 모양이다. 조폭은 스승 같은 걸 따지지 않는데. 내가 진짜 조폭이 아닌 걸 다행으로 알아야 할 것이다.

나를 아는 몇몇 사람들은 나를 싸움꾼이라고 한다. 분명히 말하지만 나는 싸움꾼이 아니다. 누가 나를 아는 게 싫어서 눈에 팍 띄는 싸움질은 되도록 피했다. 단지 아버지를 난쟁이라고 놀린 놈들만 두들겨 팼다. 아버지를 사랑한다는 낯간지러운 이유로 팬 건 아니다. 쪽팔리고 열받아서 팼다. 진짜 난쟁이인 아버지를 놀렸든 그 핑계로 나를 놀렸든.

"무슨 놈의 학교가 아무나 야자야. 될 놈들만 따로 시키든가. 아, 피곤하네. 대충 하고 잘 사람은 자라. 종례 필요 없으니까 시간 되면 알아서들 가고."

똥주는 머리를 긁으며 교실을 나갔다.

나도 똥주와 약간의 시간 차를 두고 교실을 나왔다.

"야, 야, 도완득! 야자 땡 까는 건 좋은데, 내가 복도에서 사라지면 까셔."

"……."

"나온 김에 따라와. 앞 반에 어떤 놈이 쪽팔리다고 수급품 안 가져간 모양이야. 너나 가져가라."

"……."

"왜? 너도 쪽팔려? 새끼야, 가난한 게 쪽팔린 게 아니라,

굶어서 죽는 게 쪽팔린 거야."

나는 당신이 담임이라는 게 쪽팔려.

"잔말 말고 가져가. 그리고 잡곡밥은 좀 남겨라."

똥주는 앞장서서 걸었다. 건들건들 걷는 모습이 동네 양아치 저리 가라다. 수급품. 내 체면을 생각해서 조금 조용히 줄 수 없을까. 우리 집 앞에 몰래 놓고 가주는 자비는 바라지도 않는다. 이건 뭐, 자기가 먹으려고 수급대상자인 제자한테 배달시키니, 천하의 야비한…….

똥주한테 잡히는 바람에 야자도 해야 했고 다른 반 수급품까지 들고 와야 했다. 똥주가 불시에 햇반을 달라고 하니 오는 길에 버릴 수도 없었다. 내가 기도한 지가 언젠데…… 하나님은 도대체 뭐 하고 있는 건지, 원.

현관문 유리창으로 빛이 새어 나왔다. 아버지가 온 모양이다. 수요일 밤 11시 10분. 평상시라면 지방에 있어야 할 시간이다.

"아버지 오셨어요."

"소, 소, 소설가, 와, 완득이……."

말이 빠른 아버지 대신 굳이 말이 늦은 민구 삼촌이 대답했다.

"삼촌도 오셨네요. 그리고 저 소설가 아니에요."

한국말은 끝까지 들어야 알 수 있다지만, 나는 민구 삼촌의 앞말만 들어도 뒤를 알 수 있는 능력이 있다.

민구 삼촌은 카바레에 온 여자 손님에게 춤 상대를 해주는 사람이다. 절대로 제비가 아니다. 카바레 측에서 고용한 홀 담당 춤꾼이다. 사장이 막장을 타고 있는 카바레를 끝까지 살려보려고 궁여지책으로 고용한 것이었다. 민구 삼촌의 지르박 스텝은 언제 봐도 경쾌하다. 춤의 특성상 표정 관리에 실패하거나 스텝을 조금만 끌어도 딱 느끼해 보인다. 그런데 민구 삼촌 춤은 같이 추는 상대도, 지켜보는 사람도 경쾌하게 만든다.

"잘 추시네요. 이따가 한 번만 더 잡아주세요."

"그, 그, 그러겠습니다."

하는 확 깨는 말만 없다면.

옥탑방 작은 방에 없던 짐이 생겼다. 포장이사라도 하는 집처럼 퍼런 플라스틱 상자가 캐비닛 옆에 쌓여 있었다. 박스 위에 옷걸이 봉이 달린 아버지 의상 보관용 박스다. 박스가 세 개나 되는 걸 보니 삼촌 의상 박스도 가져온 모양이다.

"그거 잘 쓰면 대학도 갈 수 있다잖아. 너는……. 아니다, 저녁 먹자."

아버지는 마치 의상 박스와 말하는 것처럼 박스를 툭툭 치며 말했다. 아버지는, 너는 나처럼 살지 마라, 라고 말하고 싶었을 게다. 그러니 소설을 열심히 써라, 라는 말도 덧붙이고 싶었으리라. 요즘은 개나 소나 쓰는 게 소설이라지만 아쉽게도 나는 개나 소가 아니었다. 그렇다고 안 되는 소설을 쓰고자 종(種)을 바꿀 수도 없는 노릇이었다.

내 글솜씨에 대한 아버지의 오해는 여섯 살 때부터 시작됐다. 우리나라에는 미취학 아동이면 꼭 마스터해야 하는 노래가 있다. 「우리 유치원」이라는 노래인데 놀이방, 어린이집, 유치원 할 것 없이 핏대 세워 부르도록 가르친다. 나는 이 노래가 「울면 안 돼」라는 캐럴하고 왜 그렇게 섞여 불러졌는지 모른다.

"꽃밭에는 꽃들이 모여 살고요. 우리들은 유치원에 모여 살아요. 잠잘 때나 일어날 때 짜증 낼 때 장난할 때도 산타 할아버지는 모든 것을 알고 계신대……."

살아온 육 년여 동안 산타가 뭐 그리 대단한 영향을 미쳤다고 자꾸 끼어드는지 몰랐다. 어린이집 선생님은 나 때문에 다른 애들까지 이상하게 부른다고 핀잔을 줬다. 그러나 학부모 면담에서는, 내가 깜찍하고 기발하게 부른다고 말해 아버지에게 화장품 세트를 선물받았다.

아버지의 이런 오해는 고등학교에 와서 절정을 이루었다. '열린 교육 감성 교육'을 강조하는 교장 선생님 덕에 개최된 봄맞이 독후감 대회가 내 실력을 입증시켰다. 뭔가를 쓴다는 건 내 취향이 아니었고, 이런 낯간지러운 대회 역시 내 취향이 아니었다. 그래도 어쩌랴, 뭘 써서 교탁 위에 놓지 않으면 교실을 나갈 수 없다는데. 나는 대충 정해진 원고량만 채우고 대회를 마쳤다.

"김 첨지가 인력거에 복녀를 태우고 다니면서 성행위를 시켰고, 김 첨지 마누라는 그것 때문에 복장 터져 죽었다, 그 말이지. 그리고 김 첨지가 낫 들고 뭘 했다고? 이건 뭐 퓨전도 아니고. 너, 「운수 좋은 날」하고 「감자」는 읽었냐? 시험 문제에 가, 나, 다 토막으로 나온 예문 보고 같은 소설로 착각한 거 아냐?"

"……."

"형식적으로 하는 대회라 검토도 안 할 줄 알았지?"

담임 똥주는 내 머리를 툭툭 쳤다. 맞다. 검토 안 할 줄 알았다. 하지만 적어도 독후감을 쓸 당시에는 그게 그렇게 된 일인 줄 알았고, 원조교제가 날뛰는 세상을 빗대서 쓴다고 쓴 것이다. 사회 선생 똥주는, 내가 자신의 문학적 바탕을 시험하는 글을 써서 비웃었다고 했다. 그리고 입학하자마자 있었던 싸움을 합해 체벌 99대에 집행유예 12개월이라는 이상한 선고를 내렸다. 당장 맞는 건 아니라니까 머쓱하게 웃으며 교무실을 나왔다. 나는 아직 99대를 맞지 않고 무사히 집행유예 기간을 보내고 있다. 나뿐만이 아니다. 우리 반 마흔 명 중 대다수도, 운동장 40바퀴 집행유예 4개월, 교실 바닥 윤내기 집행유예 1개월, 반에 음료수 돌리기 집행유예 1주일 등, 이러저러한 집행유예 선고를 받은 것으로 알고 있다.

여하튼 이 꼭대기 옥탑방으로 이사 오던 날, 거짓말처럼 옆집 옥탑방에 똥주가 살고 있는 곳으로 오던 날, 아버지가 똥주를 만나고 말았다. 아버지는 이삿짐을 사이에 두고 똥주에게 내 진로에 대해 물었다. 방과 후는 철저하게 일반인으로 돌아가는 똥주에게 진로 상담이라니, 똥주 생활신조에 어긋나는 일이었다. 그러니 건성건성 대충대충 이루어진 상담일 수밖에 없었다.

"완득이가 쓴 독후감을 보니까 그렇게 기발하고 깜찍할 수가 없습니다. 문예창작과를 지원해보는 게 어떨까 싶습니다."

아버지는 내가 어렸을 때부터 소질이 다분했다는 것을 똥주에게 상기시켰다. 똥주도 손바닥을 치며 맞장구쳤다.

두 사람은 빠른 의견 일치를 보았고, 나는 다음 날 18K로 도금된 넥타이핀을 들고 똥주를 찾아야 했다. 하지만 나는 여전히 소설에 관심이 없었고, 똥주 말에 속은 아버지만 소설에 관심 있었다.

가져온 짐을 대충 정리한 아버지가 의상 박스에 기대어 앉았다.

"정 사장이 세금 때문에 더는 못 버티겠다고 콜라텍으로 바꾼단다."

아버지 목소리에서 아쉬움과 서운함이 묻어났다.

"네. 그럼 콜라텍으로……."

"간판을 바꿨으니 분위기도 바꾼다고. 이제 나 같은 바람잡이는 필요 없는가 봐."

내가 초등학교 4학년 때 아버지 키를 넘어섰다. 아버지는 그렇게 키 작은 어른이었다. 절대로 어린애가 아니었다. 그런데 사람들은 그걸 인정하지 않았다. 야, 너, 이봐, 식으로 애 부르듯 불렀다. 아버지가 어깨만 흔들어도 웃어대더니 이제는 싫은 모양이다. 나는 사람들의 웃음소리가 정말 싫었다.

"그럼 다른 곳으로 가시겠네요."

"다른 데도 다 마찬가지지 뭐. 다른 일 찾아봐야지."

아버지는 커다란 가방에 키 작은 턱시도를 챙겼다.

"민구 저놈은, 부천에서 오라는데도 안 가고……."

"네에."

사람 좋은 민구 삼촌은 그저 빙글빙글 웃기만 했다.

아버지의 진지한 춤에 손님들은 미친 듯이 웃어댔다. 아버지 춤에 웃지 않는 사람은 나와 삼촌뿐이다. 키 작은 아버지와 춤을 춘 여자들은, 아버지가 쓴 중절모에 돈을 꽂고 엉덩이까지 툭툭 쳤다. 사람들은 키가 작으면 모두 어린애로 보이는 모양이었다. 그러나 삼촌은 아버지를 어린애로 보지 않았다. 그런 삼촌에게 아버지는 지르박, 차차차, 자이브를 가르쳤다. 삼촌은 정말 열심히 배웠다. 그리고 배운 것보다 더 근사하게 춤을 췄다.

"몸은 짱인데, 말은 꽝이네. 하하하."

손님들은 민구 삼촌이 말을 안 하면 건방지다고 했고 말을 하면 바로 웃어댔다. 짓궂은 손님은 일부러 말을 걸어놓고 웃기까지 했다. 어떻게 아느냐고? 미성년자는 카바레 출입금지지만 아들이 아버지 직장에 가는 건 출입금지가 아니니까. 이제 아버지와 삼촌이 카바레를 그만뒀다니 웃던 사람들 심심하게 생겼다.

“물건을 떼서 지하철을 돌아봐야겠어.”

나는 아버지가 방문 옆에 놓아둔 가방을 들고 일어났다.

“거기서 아무나 팔아도 되는 거예요?”

“빨리 이동하고 다니면 큰 문제 없을 거야. 첫길만 잘 트면 돼.”

나는 행거로 된 캐비닛 위에 가방을 올렸다.

시끄럽고 어두운 곳에서만 일하던 사람들이 조용하고 환한 곳에서 일하려 한다. 낮에는 숙소에서 나오지도 않던 두 사람이 낮에 나가는 일을 택했다. 작업환경이 이렇게 급작스럽게 바뀌어도 되는 건지 모르겠다.

그때였다.

“완득아! 완득아 새끼야!”

옆집 옥탑방에 살고 있는 똥주다. 한밤중에 꼭 저렇게 악을 써서 부른다.

“누구냐?”

아버지가 물었다.

“담임이잖아요.”

나는 얼른 옥상으로 나갔다.

“새끼가 왜 이제 나와. 햇반 하나만 던져!”

기초수급자 학생에게 나온 햇반을 뺏어 먹는 담임은 똥

주밖에 없을 것이다.

나는 다시 방으로 들어가 햇반을 가지고 나왔다. 그리고 똥주 머리를 노리고 던졌다. 맞고 죽어라. 빗나갔다…….

"왜 백미밥이야? 그저께 흑미밥 나왔잖아!"

"어제 다 먹었어요!"

"아껴 좀 먹어, 새끼야!"

아, 재수 없어……. 누가 수급대상자로 해달라고 했나. 중학교 때도 그런 혜택 받아본 적 없었다. 그런데 고등학교에 와서 담임 똥주가 '경제사정곤란'이라는 사유로 나를 수급대상자로 만들었다. 나쁠 건 없다. 학비도 감면해주고 급식도 공짜로 주니 아버지 힘든 어깨를 가볍게 해줄 수 있어 좋다. 다만 똥주가 더럽게 생색내는 바람에 꼴 보기 싫어 죽겠다. 그리고 내 수급품을 제 것처럼 먹어치운다.

"선생님, 안녕하세요!"

아버지가 옥상으로 나왔다.

"어이쿠, 완득이 아버님, 집에 계시네요!"

"일을 그만두게 돼서요!"

"그럼 이제 자주 뵙겠네요!"

"예! 그럴 것 같습니다!"

옥상에서 옥상으로 고성이 오갔다.

“어떤 씨불놈이 밤만 되면 완득인지 만득인지를 찾고 지랄이야! 야이 씨불놈들아! 니들은 전화도 없냐!”

좁은 골목을 사이에 둔 앞집 아저씨가 창문으로 머리를 쑥 빼고 소리쳤다. 깜깜한 밤을 가르는 욕설이었다.

“완득이네 집에 전화 없다잖아, 이 양반아!”

똥주는 크게 소리치고 얼른 집으로 들어갔다.

우리 집에 전화 있다. 하나님, 이번 주 안에 똥주 꼭 죽여주셔야 합니다.

체벌 3개월 할부

"뭐예요, 이게 다?"

"마, 마사지하는 거."

"많이 파셨어요?"

"쪼, 쫓아와. 아오……."

"누가 쫓아와요?"

"있어. 구역 지키는 놈들. 괜히 지들한테 물건 안 뗐다고 그러지."

"네에……."

물건의 반 이상을 바닥에 버리다시피 떨어뜨렸다고 한

다. 그런데 떨어진 물건보다 삼촌이 문제였다. 눈이 찢기고 다리에 멍도 들었다. 아버지 대신 삼촌이 다 맞은 모양이다. 그래도 삼촌은 웃는다. 친형도 아니면서…….

"주, 주, 주워 와요."

"그냥 버린 거야."

"아."

바닥에 떨어뜨린 것, 그러니 주워 와야 하는 것, 그런데 그냥 두고 온 것에 대해 고민에 빠진 삼촌을 아버지는 쉽게 이해시켰다.

"이거 너 가져라."

아버지는 모자 중에 제일 아끼는 중절모를 삼촌에게 내밀었다.

아버지는 중절모 창에 술을 달거나, 리본에 깃을 달아 홀 밖에서 호객 행위를 했다. 그런데 저 모자는 정식으로 무대에 오를 때만 쓰던 것이다. 오래됐지만 오래돼서 더 멋지고 관록 있어 보이는 모자였다.

삼촌은 시디를 틀었다. '원숭이 나무에 올라가' 하는 디스코 노래였다. 삼촌은 반복연주 버튼을 눌렀다. 방 안에 '몽키 매직'이 가득 찼다. 삼촌이 중절모를 푹 눌러쓰고 디스코를 췄다. 기분이 꿀꿀한 모양이다. 안 추던 디스코를 추는 걸 보니. 그나저나 찢어진 왼쪽 눈 되게 아프겠다.

"글은 잘 쓰고 있냐?"

"……."

"대학 가라."

"……."

"좋은 데 가라는 말 아니다. 남들이 해보는 건 해봐라. 때 놓치면 하고 싶어도 못 한다. 2호선 타고 도는데, 대학생 애들…… 보기 좋더라."

몽키 몽키 몽키, 몽키 매직. 몽키 몽키 몽키, 몽키 매직. 서른이 넘은 삼촌의 디스코, 보기 좋았다.

나는 밥상 위에 연습장을 펼쳤다. 대학을 가고 싶어서가 아니다. 그냥 지금 아버지가 이런 모습을 원하는 것 같았다. 아버지는 음악을 살짝 줄였다. 그리고 내 어깨를 지그시 눌렀다. 격려의 손길이 느껴진다. 아버지는 옆에서 미처 바닥에 버리지 못한, 앞으로라도 팔 수 있을지 모를 마사지용 채칼을 세 개씩 고무줄로 묶었다. 나는 채칼을 묶을 테니 너는 글을 써라, 도 아니고 이건 뭐……. 언제 글이라고 써봤어야 뭘 쓰든가 하지. 삼촌이 저렇게 짠한 표정으로 디스코만 안 췄어도 이런 생쇼 안 했다.

"아니, 이게 웬 예술적 공간이야. 아싸, 몽키 매직!"

똥주가 방문을 벌컥 열고 방을 살폈다.

"춤추고, 글 쓰고, 일하고, 끝내주네요."

"선생님 오셨습니까."

아버지는 얼른 일어나 똥주를 맞았다.

디스코를 추던 삼촌은 낯선 사람의 방문에 민첩하게 벽에 바짝 붙어 섰다.

"아버님 계신 거 같아 놀러 왔습니다."

똥주는 소주와 오징어를 바닥에 내려놓았다.

"카바레에 아예 안 나가시는 겁니까? 완득이, 나가서 컵 가져와."

나는 부엌으로 나갔다. 부엌이래야 방문 열자마자 바로 코앞이다.

"문을 닫았어요."

나는 소주 컵 세 개를 방바닥에 내려놓았다.

"그래, 이제는 뭘 하실 생각이세요?"

"지하철에서 물건 좀 팔려고요."

"만만치 않을 텐데요."

"다 그렇죠, 뭐. 너 와서 인사드려라. 완득이 선생님이시다."

삼촌은 중절모를 벗고 아버지 옆에 앉았다.

"아, 아, 안녕하세요. 저, 저는, 나, 나, 남밍굽니다."

삼촌이 정중하게 손을 내밀어 악수를 청했다. 지나치게 고개를 많이 숙였다.

"난닝구요? 어우, 이름이 편안하시네."

"남민구요."

나는 오징어를 잘게 찢으며 말했다.

"아, 남민구 씨. 완득이하고는 무슨 관계……."

똥주는 삼촌을 보며 물었다.

"삼촌이에요."

내가 대답했다. 친삼촌은 아니지만 설명하기 귀찮았다.

"이—야, 가계도가 아주 정직하십니다."

똥주는 삼촌에게 소주를 따르며 말했다. 아버지가 헛기침을 했다.

"농담이에요."

아버지가 똥주에게 술을 따랐다.

"선생님이 옆에 계셔서 맘 편히 지방생활 했습니다."

"저 고생 많이 했습니다. 저게 나랑 무슨 원수가 졌다고 옆집으로 이사 와서는."

"전에는 아래 살았는데, 형편이 자꾸 나빠지다 보니 위로 올라오게 되네요."

아버지가 술잔을 비웠다. 삼촌이 아버지 잔을 채웠다.

"근데, 혼자 계시는 것 같습니다?"

"저 눈 높은 사람입니다. 아무 여자하고나 살지 않아요. 흠."

아이고, 그러세요. 제가 보기에는 선생님 눈이 높은 게 아니라, 여자들이 선생님을 거들떠보지 않다가 그 나이 되신 거 같은데요. 괜히 선불리 결혼하지 마세요. 잘못하다간 신혼 때부터 신부가 교회를 찾을지 모릅니다.

"네……. 그나저나 완득이 글은 좀 나아졌는지 모르겠습니다."

"좋아졌죠. 서양사 동양사, 남녀를 막 가로지르고 다닙니다."

지난번에 본 쪽지 시험을 두고 하는 말일 게다. 나는 정말로 잔 다르크가 말 타고 뛰어다니는 동양 남자인 줄 알았다. 아버지 표정이 흐뭇하다.

똥주가 사 온 소주 두 병이 금세 바닥났다. 세 사람 모두 기분 좋아 보였다.

"음악이 너무 작아요."

똥주는 음악 소리를 최대한 크게 올렸다. 우리 집 물건 중에 제일 폼 나는 미니 컴포넌트 오디오는 최고의 성능을 자랑했다.

몽키 몽키 몽키, 몽키 매직! 몽키 몽키 몽키, 몽키 매직!

"어떤 씨불놈이 야밤에 몽키 타령이야! 몽키로 디지게 한 번 맞아볼래!"

앞집 아저씨다. 똥주가 문 앞에 머리를 쑥 내밀고 소리쳤다.

"완득이 아버지, 몽키 없어서 일을 못 나갔다잖아, 이 양반아!"

똥주가 말하는 게 몽키 스패너라면 우리 집에 있다. 그리고 아버지가 판 마사지용 채칼과 전혀 상관없는 연장이다. 똥주는 슬며시 아버지에게 인사하고 집을 나갔다.

"어떤 놈이 홈페이지에 올렸어?"

똥주가 열받았다. 누군가 똥주가 수업 시간에 만날 딴소리나 하고 야자도 잘 챙기지 않는다며 학교 홈페이지에 글을 올린 것이다.

"니들 잘나가는 학원에서, 유치원 때 초등학교 마스터하고, 초등학교 때 중학교 마스터하고, 중학교 때 고등학교 다 마스터하고 오잖아. 근데 나한테 뭘 가르쳐달라는 거야. 대학교 꺼?"

"전 학원 안 다녔는데요."

똘아이 혁주가 눈치 없이 농담을 했다.

"알아, 새끼야. 니 성적이 말해주잖아. 니가 썼냐? 왜, 대학 가고 싶어?"

"가면 좋죠, 뭐."

"너 일어나서 애국가 3절 불러봐."

혁주가 의자를 북 끌고 일어났다.

"3절은 잘 모르는데요."

"대학 가라. 저기, 친구 데리고 오면 장학금 주는 그런 대학. 환영할 거다."

아이들이 책상을 두드리며 웃어댔다.

"배치고사 1등이 누구였더라. 아, 정윤하."

얼굴도 예쁘장한 게 공부도 잘하는 애다.

"정윤하, 1절부터 4절까지 불러봐."

정윤하는 꿈짝도 안 했다. 자존심까지 센가 보다.

"가사를 모르는 거야, 노래를 못하는 거야?"

"……."

"넌 꼭 서울대 가라. 걔네들이 머리는 똑똑한데 싸가지는 좀 없거든."

뒤에서 보니 정윤하 머리가 꼿꼿하다. 똥주를 째려보고

있는 게 분명하다.

"오늘부터 야자 튀거나, 자는 놈들 죽는다. 수업 시작한다. 유엔에 대한 국제적 수요는 늘고 있지만, 가용자원은 늘 부족한 상황이지. 그렇다 보니 반기문 사무총장이 여기에 대처하는 다자주의와 외교역할이 새 평가를 받고 있다. 현재 유엔이 다루고 있는 소프트 파워 이슈들은 과거와 달리……."

똥주…… 오랜만에 사회 선생답다. 그런데 좆나게 졸리다.

"삼십, 삼십일, 삼십이, 삼십삼……."

야자를 튀다가 1층에서 똥주한테 딱 걸리고 말았다. 집행유예 기간에 걸렸기 때문에 체벌을 감수해야 했다. 똥주는 고맙게도 99대의 체벌을 3개월 할부로 해줬다. 분명히 말하지만 나는 대학 갈 생각이 전혀 없다. 야자라고 해봐야 불편한 의자에 앉아 잠을 자는 게 고작이다. 내가 왜 만날 의자에 앉아 잠자기 단련을 해야 하는지 답답할 따름이다.

"야자 튀지 말랬잖아, 새끼야. 이 꼴 같지도 않은 선생 밥줄 끊어지면 니가 책임질래? 니 아버지하고 지하철에서 마사지용 채칼이나 팔까?"

어딘가에서 쿡! 웃음소리가 났다.

“어떤 새끼가 웃었어? 지하철에서 채칼 파는 게 어때서! 살아보겠다고 하는 장산데 왜 웃어? 몸땡이 멀쩡하면서 집에서 처노는 놈들보다 백배는 나은 사람들이야, 새끼들아!”

똥주 말은 틀린 게 없다. 분명히 맞는 말이다. 그런데 그 맞는 말이 나는 영 거슬린다. 남의 비밀을 폭로하면서 ‘내가 거짓말했어? 진짜잖아.’ 하는 것과 다를 게 없다. 남의 자존심을 긁어야 직성이 풀리는 인간. 안 해도 될 말을 굳이 끼워 넣어서 웃음거리로 만들고 마는 인간. 내가 한 잘못을 나한테서 끝내지 않고 아버지까지 들먹이는 너절한 인간이다. 아프다, 엉덩이.

“오늘은 학생 팼다는 글 올라오겠다? 아니지. 경찰이 먼저 올 수도 있겠군. 신고 정신 하나는 졸나게 투철한 니들이니까.”

똥주는 내 엉덩이를 두들겨 팬 몽둥이를 팽개치고 밖으로 나갔다.

“오우, 도완득. 니네 아버지 요즘엔 춤 안 추고 지하철에서 마사지 채칼 파냐? 어쩐지 네 피부가 맨질맨질하더라.”

이럴 경우다. 이럴 경우 내 몸이 머리보다 먼저 반응한다.

발길질 한 번에 혁주가 사물함 쪽으로 나뒹굴었다. 그러니까 주둥이를 가만두란 말이다. 니들이 동네에서 까불대며 배운 싸움하고, 날 때부터 어깨 아저씨들한테 배운 내 싸움하고는 격이 다르단 말이다.

투둑.

허공에 잽을 날리는 혁주의 주먹을 잡고 손가락을 비틀어버렸다. 오늘은 손가락 하나로 끝낸다. 또 까불면 팔목을 부러뜨릴 수도 있어. 나는 혁주의 비명 소리를 뒤로하고 교실을 나왔다.

나는 지하철역에서 삼촌에게 전화를 걸었다.

"어디에요?"

"사, 사, 삼호선."

"삼호선 어디요?"

"구, 구, 구파발에서, 대, 대, 대화 쪽만……."

"왔다 갔다 한다고요?"

"응."

"알았어요."

나는 일단 구파발로 향했다.

"백 퍼센트 환불 보장. 날카로운 못에 걸려도 어지간해서는 빵꾸가 나지 않는, 고탄력, 고탄력 스타킹을 다섯 켤레 천 원에 모십니다. 어머니, 누나, 여동생 선물로 고급 스타킹 선물, 선물 좋습니다."

오늘은 고급 스타킹이었다. 그런데 사람들은 고급 스타킹에는 관심 없었다. 자기 앉은키와 비슷한 아버지에게 관심 있었다. 대놓고 보지도 못했다. 안 보는 척 힐긋힐긋 보았다. 카바레에서 하던 아버지의 바람잡이 실력은 지하철에서도 빛을 발했다. 평상시에는 거의 웃지도 않으면서 바람잡이 할 때는 정말 신나게 웃는다. 어렸을 때 나는 저 웃음이 정말 좋아서 웃는 웃음인 줄 알았다. 삼촌이 다섯 켤레씩 묶은 고급 스타킹을 들고 사람들 사이를 오갔다. 그런데 갑자기 아버지가 들고 있던 고급 스타킹을 급하게 상자에 넣었다. 삼촌도 상자에 고급 스타킹을 넣었다.

지하철이 멈추자 아버지가 먼저 내렸다. 내 옆에 경호원처럼 바짝 붙어 서 있던 두 남자도 내렸다.

"튀어!"

고급 스타킹 상자를 들고도 삼촌은 무척 빨랐다. 아버지도 평상시보다 빨랐다. 그래도 두 남자보다는 늦었다. 결국 아버지가 같이 내린 두 남자에게 잡혔다.

"이 난쟁이 새끼가 사람 말이 말처럼 안 들리나. 얼씬거리지 말랬지!"

삼촌과 나 사이에서 아버지가 두들겨 맞았다. 앞에서는

삼촌이, 뒤에서는 내가 가운데로 달려왔다. 그리고 한 남자씩 맡았다. 삼촌은 아버지를 때리니까 싸웠고, 나는 열받아서 싸웠다. 똥주 때문에 열받았고 아버지가 맞아서 열받았다. 우리는 가만히 있는데 이 미친 세상이 왜 자꾸 건드리는지 알 수가 없었다.

"아버지 먼저 가세요!"

나는 뚱뚱한 남자의 허리를 잡고 소리쳤다. 하지만 아버지는 꼼짝도 안 했다.

"가시라고요!"

그래도 아버지는 가지 않았다. 하는 수 없다. 그냥 싸울 수밖에. 그런데…… 삼촌 때문에 싸울 수가 없다. 삼촌은 내가 상대를 치는지 상대가 나를 치는지를 구별하지 못했다. 상대의 명치를 가격하고 휘청거릴 때 손목을 비틀어 꺾어야 했다. 덩치가 있었으므로 등을 이용해 빠르게 바닥에 내리꽂으면서 그 회전을 이용해 꺾어야 했다.

"어, 어, 업어주지 마."

삼촌은 상대에게 맞다 말고 와서 말했다. 삼촌을 때리던 남자도 당황한 눈치다. 두 남자 모두 내게 덤볐다. 삼촌이 자신들의 상대가 아님을 눈치챈 것이다. 등을 보이면 안 됐다. 치고 빠지고 치고 빠져 내 뒤로 상대가 가지 못하게 해야 했다. 무기가 없으면 상대가 무기다. 두 남자가 동시에 달려들었다. 먼저 사정거리에 들어온 남자 옆 턱에 잽을 날렸다. 귀밑 턱을 맞았으니 충격이 꽤 클 것이다. 남자가 쓰러졌다. 거의 끝난 싸움이다. 이제 나머지 한 남자만 해치우면 됐다.

"쓰, 쓰, 쓰러졌어."

상대의 발을 잡고 발목을 막 꺾으려는 순간, 삼촌이 내 귀에 바짝 대고 말했다.

"저리 비켜 좀!"

제길. 타이밍을 놓쳤다. 상대의 발이 옆구리를 강타했다. 숨 쉬기가 힘들었다. 아버지가 상대에게 달려들었다. 허리밖에 안 오면서……. 아버지는 싸우려고 달려든 게 아니라 나 대신 맞으려고 달려든 것이다.

멀리서 호루라기 소리가 들렸다. 상대나 우리나 걸리면 서로 피곤하다.

"여! 여! 여기요!"

삼촌이 사람들을 헤치고 달려오는 공익근무 요원들을 불렀다.

"튀어!"

우리 팀도 상대 팀도 튀었다. 고급 스타킹이 든 상자는 미처 챙길 수 없었다.

이번에는 아버지한테 맞고 있다. 카바레에도 갔었는데 지하철은 왜 안 된다는 건지. 물건을 팔아주고 싶어서 간 건 아니었다. 그런 효자 아니다. 그냥 두 사람을 지하철에서 데리고 나오고 싶었다. 어쨌든 조금 요란하게 도망쳤어도 나오기는 했다. 그래서 지금 맞고 있는 모양이다. 맞는 나보다 때리는 아버지가 더 힘들어 보인다. 많이 늙었다.

"완득이 아버님! 잘하십니다! 안 그랬으면 저거, 내일 나한테 죽었습니다!"

옆집 옥상에서 똥주가 소리쳤다. 오늘, 앞집 아저씨 안 나왔다. 다행이다.

모릅니다

'정말 이러시기예요? 가시관에 머리가 찔려서 잘 안 돌아가세요? 똥주 하는 꼴 좀 보라고요. 학생 집에서 술 퍼마시고, 꼴리는 대로 학생이나 패고. 선생이라는 작자가 인성교육이 안 돼 있으니까, 학생들한테도 그런 교육을 못 시키잖아요. 다시 어린애로 돌려서 교육시킬 수도 없고, 방법은 하나밖에 없어요. 죽여주세요. 이번 주에도 안 죽이면, 나 절로 갑니다. 하나님 안 믿어요! 거룩하시고 전능하신 하나님 이름으로 기도드리옵나이다. 아멘.'

"자매님 또 오셨네요."

동남아 남자가 웃었다. 나, 대한민국의 건장한 남잡니다. 자매는 무슨.

나는 교회를 나왔다. 별이 하나도 없는 밤이다.

교회에 다녀오니 삼촌은 벌써 잠이 들어 있었다. 레오나르도 다빈치의 인체공학도. 그 속에 홀딱 벗고 적나라하게 두 다리 쫙 벌리고 서 있는 남자. 황금비율. 보헤미안 머리 스타일. 부릅뜬 눈매와 헬스를 게을리 하지 않은 것 같은 환상적 몸매. 삼촌만 보면 인체공학도 속 남자가 떠오른다. 정말 많이 닮았다. 외모만 충실한 남자, 남민구. 이제는 인체공학도만 보면 그림 속 남자도, 나, 나, 남밍굽니다, 라고 할 것 같다.

"먹어라."

맞고 뛰쳐나갔다 돌아온 아들을 위해 아버지가 손수 라면을 끓여 왔다. 흑미밥 햇반과 함께. 똥주 또 지랄하게 생겼다.

"오일장을 다녀볼 생각이다."

"네에."

"먹고 자라."

"네."

"주먹 함부로 쓰지 마라."

"……."

나는 햇반을 뜯어 딱딱하게 굳은 밥을 뜨거운 국물에 말았다.

며칠 뒤, 아버지는 중고차를 한 대 사 왔다. 96년식 자주색 티코였다. 의자를 최대한 낮추고 운전대 쪽으로 바싹 붙였다. 아버지 키에 맞춘 것이다. 아버지가 운전을 하면 밖에서는 저 혼자 달리는 차로 보였다. 아버지는 저 티코를 타고 전국의 오일장을 누비고 다닐 것이다. 어쨌든 우리 집에도 이제 자가용이 생겼다. 삼촌이 운전석에서 나왔다.

"조, 조, 좋아요."

삼촌 표정이 좋았다. 자기가 운전이라도 한 표정이다.

아버지는 자동차 바퀴에 소주를 부었다.

"취하지 말고 천천히 달리자."

아버지식의 고사였다.

"어우, 이 똥차 뭡니까?"

여지없이 똥주였다. 옆구리에 찬 성경책을 보니 교회를 다녀온 모양이다. 좌우지간 교회는 꽤 열심히 다닌다.

"오일장 좀 다녀보려고요."

"근데 이거 심하게 똥찬데요. 달리다 멈추는 거 아닙니까?"

"연식에 비해 주행거리는 얼마 안 됩니다."

똥주는 머리를 창문으로 쑥 넣고 계기판을 보았다.

"어이쿠! 19만 킬로미터. 달릴 만큼 달렸어요. 쪼만한 놈이 무슨 배짱으로 이렇게 달렸어."

"그래도 무사고랍니다. 조심해서 타야죠, 뭐."

"살살 다루세요. 이놈 곧 가게 생겼습니다. 그럼 전 이만."

삼촌은 머리를 긁적거리며 대문으로 들어가는 똥주를 보았다.

아버지와 삼촌은 채칼과 고급 스타킹을 모두 가지고 갔다. 자리를 잡겠다고 갔으니 얼마간은 집에 오지 못할 것이다. 아버지의 추진력과 결단력은 알아줘야 한다.

"선생님. 똥차하고 쓰레기차는 왜 다 녹색이에요?"

녹색운동에 대하여 똥주가 설명하고 있는데 똘아이 혁주가 물었다.

"새끼가 어디서 유딩들이 미술 시간에나 하는 질문을 해?"

애들 웃음소리에 교실이 뒤집힐 것 같았다.

"갑자기 궁금해서요."

"녹색이 시각적으로 부담이 없고, 자연 친화적인 색깔 아니냐. 똥차가 똥색이면 되겠냐?"

"저기요, 선생님. 똥차는 노란색도 있어요."

어딘가에서 누군가가 진지하게 말했다.

"드러운 새끼들. 니네가 다 해먹어라."

때마침 종이 울렸다.

"완득이! 너, 나 좀 보자. 나머지는 조금 쉬었다가, 야자 시작!"

나는 똥주를 따라 교무실로 갔다.

"니 어머님, 베트남 분이더라?"

"네?"

"아버님이 말 안 해?"

어머니라……. 아버지는 어머니에 대해 한 번도 말한 적 없고, 나도 물은 적 없다. 그런데 똥주가 어머니 이야기를 한다. 그것도 베트남 사람이란다.

"네가 아버지 안 닮았다고 했더니 좋아하시더라. 많이 걱정했나 봐."

"저 어머니 없는데요."

"있어, 새끼야. 전부터 느낀 건데, 니네 집 가계도는 뭐가 이렇게 정직하냐. 구성원 하나하나가 참……."

하나님. 이번 주 안으로 똥주 꼭 죽여줘야 합니다. 안 그러면 교회 폭파시킵니다.

"등본에도 없는 어머니가 갑자기 어디서 튀어나와요. 장난하세요?"

"여어, 이 새끼 제법 묵직한 돌대가릴세. 십오 년 전에 등본에서만 빠졌어, 새끼야. 호적등본에는 그대로 있고. 너 호적등본 모르냐? 네 부모님 이혼한 것도 아니야. 그냥 십오 년 동안 따로 산 것뿐이야. 니 어머님, 그 옛날에 뗀 호적등본을 아직까지 가지고 계시더라."

"호, 호적등본요?"

"그래, 새끼야. 그때는 한국 남자하고 결혼만 하면 자동으로 국적이 취득됐거든. 니 어머님, 호적등본에 니 어머니라고 한국 이름으로 떡 등재돼 있어, 새끼야."

아, 씨발, 나는 베트남 말 하나도 모르는데. 한 번도 안 불러봐서 어머니라는 말 할 줄 모르는데. 똥주 이 인간은 자꾸 헛소리만 해대고…….

"만나볼래?"

"내가 누군 줄 알고 만나요. 그동안 나도 몰랐던 사람을 선생님이 어떻게 알고 어머니래요? 나한테 왜 그러세요!"

나는 교무실을 달려 나왔다. 간만에 진득하게 앉아 야자 좀 해보려고 했는데 기분 잡쳤다. 나는 교실로 가지 않고 그대로 학교를 나와 버렸다.

정황상 나는 가출을 해야 했다. 출생의 비밀을 알았습니다. 잠시 혼자 있고 싶어 떠납니다, 라고 쓴 쪽지 하나 남겨놓고 떠나야 했다. 그런데 아버지와 어머니라는 사람들이 먼저 떠나버렸다. 잘못하면 가출하고 돌아와 내가 쓴 쪽지를 내가 읽게 될 확률이 높았다. 어떻게 된 집이 가출마저 원천 봉쇄해놓았는지. 돌아다니다 돌아다니다 혼자 있고 싶어서 온 곳이 결국 집이었다.

"완득아! 완득아!"

똥주다. 나는 이불을 뒤집어썼다.

아버지는 전쟁이 나면 두꺼운 솜이불을 뒤집어쓰라고 했다. 총알은 고속 회전을 하면서 박히는 무기인데, 회전 시에 총알에 솜이 엉켜 이불을 뚫을 수 없다나. 내가 아직 제대로 걷지도 못했을 때 걸프전이 있었다. 아버지는 그 전쟁을 내게 늘 상기시켰다. 그런 전쟁이 우리나라에서도 발발할 가능성이 농후하다는 것이다. 아버지 말을 함부로 무시할 수 없었던 게, 나는 6학년 때 이라크로 향하는 미국의 미사일을 텔레비전에서 보았다. 우리나라는 전쟁이 끝난 나라가 아니라 휴전 상태다. 언젠가 꽝! 하고 발발할 수 있다는 얘기다. 마음이 급했다. 총알은 그렇다 치고 저 큰 미사일을 막을 만한 솜이불을 도대체 어디서 구한단 말인가. 그때 내 최대의 고민은 거대한 솜이불을 구하는 거였다. 중학교 때 최신식 총알과 미사일은 솜이불로 해결될 문제가 아님을 알았다. 지금 이렇게 이불을 뒤집어쓰고 있어도 똥주를 막을 수 없다는 걸 알고 있는 것처럼.

"새끼야, 있는 거 다 알어! 빨리 문 열어!"

똥주는 새시로 된 현관문을 뻥뻥 찼다.

"완득아! 완득아!"

가라. 좀 가. 내가 똥주 꼴 보기 싫어서 가출한다.

"야이, 완득인지 만득인지 씨불놈아! 빨리 문 안 열어! 이것들이 밤마다 죽고 싶어서 환장했나!"

앞집 아저씨다. 저 아저씨 오늘 일찍 등장했다. 늦은 밤 좁은 골목을 쩌렁쩌렁 울리는 욕을 잠재워야 했다. 나는 하는 수 없이 문을 열었다.

"완득이 문 열었잖아, 이 양반아!"

똥주는 크게 소리치고 얼른 안으로 들어왔다.

"학생이 책가방을 버려두고 가? 썩어빠질 학생 새끼 같으니라고."

똥주는 내가 학교에 두고 온 책가방을 방에 내려놓았다. 그리고 책가방에서 소주를 꺼냈다.

"학생 새끼가 책가방에 쏘주나 넣고 다니고……. 컵 가져와."

오는 길에 자기가 사서 넣은 게 분명하다.

나는 똥주 앞에 컵을 내려놓았다.

"하나 더 가져와."

나는 똥주를 바라보았다.

"하나 더 가져오라고, 새끼야."

나는 컵 하나를 더 가져왔다.

"받어."

"……."

"자꾸 리플레이 시킬래? 받어, 새끼야."

나는 술을 받았다. 그리고 단숨에 마셨다. 휘발유를 마시면 이렇게 화끈거릴까. 코로 바로 풍기는 술 냄새는 고약했고 어떤 압력에 의해 눈알이 빠질 것 같았다.

"너 술 못 마시냐?"

"……."

"어쨌든, 내가 널 처음 봤을 때부터 건방지게 눈썹이 진하다 했어. 네 어머님, 성남에 계신다. 우리 교회에 외국인 노동자 쉼터가 있는데, 성남 쉼터하고 연결됐어."

똥주는 성남 어느 식당에 내 어머니가 있다고 했다. 그리고 내가 몰라서 그렇지, 우리 집 같은 가정이 생각보다 많다고. 좀 더 나은 삶을 위해 어린 나이에 남편 얼굴도 안 보고 먼 나라까지 시집왔는데, 남편이 장애인이거나 곧 죽을 것 같은 환자인 경우도 있다고. 말만 부인이지 오지 마을이나 농촌, 섬 같은 곳에서 죽도록 일만 하는 경우도 있단다. 그렇다 보니 아이 하나 낳고 자신에게 관심이 좀 소원해졌을 때 가슴 아픈 탈출을 하기도 한다고. 남편 입장에서는 부인이 도망간 것이겠지만 부인 입장에서는 국제 사기결혼이라나.

장애인에 대한 편견이 넉넉한 나라에서, 꼴 같지 않게 제3세계니 뭐니 해가며 가난한 나라 사람들을 아낌없이 무시해주는 나라에서, 어머니가 무척 힘들었을 거라고. 그럼 그 조건에 +1 해서, 어머니 없이 사는 나는 뭔가. 똥주가 위로랍시고 하는 말이, 아버지는 장애를 숨기지 않고 서류에 썼는데, 가운데에서 브로커가 그 부분을 싹 지우고 결혼을 진행시켰단다. 그러니까 아버지는 어머니를 신부로 맞기 위해 사기를 친 나쁜 사람은 아니라는 것이다.

"널 보고 싶어 한다."

"아버지한테 물어보세요."

"널 보고 싶어 한다니까."

"그러니까 아버지한테 물어보시라고요."

"새끼야. 널 보고 싶어 한다고!"

"몇 번을 말해요! 아버지한테 먼저 물어보라잖아요!"

"그래, 새끼야, 너 좆나게 효자다. 나, 간다."

똥주는 소주를 벌컥벌컥 들이켜고 방을 나갔다.

밖에서 쿵! 하고 문을 걷어차는 소리가 들렸다.

"문 잠가, 새끼야!"

나는 밥상 겸 책상으로 쓰는 상 위에 연습장을 펴고 앉았다.

그래, 쓰자. 소설이 별거냐. 나 산 대로만 써도 노벨문학상감이다.

완득아, 가서 스타킹 하나만 사 와. 여기가 탁아소야 뭐야. 야, 꼬맹이 도! 이 새끼 여기 데려오지 말랬지! 언젠가부터 혼자 끓여 먹던 라면. 냄비에 넘쳐흐르던 밥물. 젖은 가스레인지. 나 산 대로라……. 좆같이 살았네. 그렇게 살 동안 어머니는 없었다. 베트남 여자. 베트남 여자라.

타악!

집어던진 연습장이 벽에 맞고 방바닥에 나뒹굴었다.

"학원 다니는 사람 손들어봐. 단과반부터."

몇몇 애들이 손을 들었다.

"다음은 종합반. 들었다 내렸다 하는 놈들은 뭐야? 똑바로 들어. 학원 다니는 놈들은 야자 빼줄 테니까."

아이들이 급작스럽게 번쩍번쩍 손을 들기 시작했다.

"도완득, 손 내려."

하필이면 옆집 살아서는. 나는 내리던 손으로 머리를 긁었다.

"오늘부터 학원 다니는 놈이건 아니건 똑같이 야자다."

"우—우."

"조사해 오라잖아, 새끼들아. 잠시 쉬었다가, 야자 시작!"

학생들 상대로 사기 치는 데는 똥주를 따를 자가 없다.

"완득이. 생각 좀 해봤냐?"

"뭘요?"

"됐다, 새끼야."

똥주가 교실을 나갔다.

"담탱이가 뭘 생각하라는 거냐?"

혁주 이 귀찮은 새끼. 나한테 꺾인 손가락에 깁스를 하고

도 계속 알짱거린다.

"서울대 가라고."

"서울대? 정윤하도 아니고 니가? 담탱이 저거 완전히 맛갔네."

똘아이 똥주 vs 똘아이 혁주다.

"그건 그렇고, 담탱이가 너 정학 막으려고 생쇼를 하더라. 이실직고해. 담탱이랑 무슨 사이냐?"

혁주는 깁스한 손가락을 보여주며 깐족거렸다. 역시 똘아이계의 본좌는 혁주다. 하긴, 혁주 손가락을 부러뜨렸는데도 아무 일 없는 게 이상하긴 했다. 똥주 지가 나한테 한 짓이 있으니 이번에 힘 좀 썼나 보다. 그래서 하나님이 이번 주는 봐줬나? 그래도 조속한 시일 내에 죽여주시기 바랍니다. 아멘.

"내 밥 같이 먹는 사이."

똥주가 내 수급품을 다 먹어치우니까 영 틀린 말도 아니다.

"왜 네 밥을 같이 먹어? 아빠는 아니고, 형은 더더욱 아니고. 너 담탱이랑 친척이냐?"

"그래, 뭐 그렇다 치자."

"뭐가 있을 줄 알았다니까. 야, 담탱이하고 도완득이랑 친척이란다!"

애들이 나를 보기 시작했다. 어우 쪽팔려. 똥주 처치한 다음에는 이 자식 처치하러 교회에 가야겠다.

기억에 없는 모유

"지, 집이, 더, 더러워."

"삼촌 말 빨라졌네."

삼촌은 씨익 웃었다. 그리고 밤새 청소를 했다.

방바닥이 왁스칠한 것처럼 윤이 났다. 아침 햇살이 바닥에 부딪혀 눈부시게 반사됐다. 이 정도 광채를 내려면 삼촌은 밤새 한숨도 못 잤을 것이다. 모처럼 깔끔한 방에서 기분 좋게 일어났다.

"이 씨불놈이 어디서 생사람을 잡아!"

"이 동네에서 씨불놈이라고 욕하는 사람이 당신 말고 누가 있어!"

똥주랑 앞집 아저씨다. 저 두 사람 언젠가 붙을 줄 알았다.

"내가 안 했다고 몇 번을 말해, 이 씨불놈아!"

아버지와 나, 그리고 삼촌은 옥상으로 나가 골목을 내려다보았다.

똥주랑 앞집 아저씨는 당장이라도 한판 붙을 태세였다.

"뭔 일인지 가봐라."

"네."

티코 앞에 '씨불놈'이라고 크게 쓰여 있었다. 못으로 박박 긁어서 쓴 거였다.

"이거 누가 이랬어요?"

"완득이 왔냐. 이 양반이 했지 누가 했겠냐. 아주 시치미를 뚝 뗀다."

"오라, 니가 그 유명한 만득인지 완득인지냐?"

"정말 아저씨가 쓴 거예요?"

"증거 있어? 증거 있냐고!"

아버지와 삼촌이 내려왔다. 그리고 글씨를 보았다.

"나, 나, 낙서, 안 돼……."

삼촌이 손사래를 쳤다.

"아니, 웬 병신들이 떼거지로 나왔어?"

또 그랬다. 내 몸이 머리보다 빨리 움직였다. 세 사람이 뜯어말리지 않았으면 앞집 아저씨, 오늘 나한테 죽을 뻔했다.

"제 아비한테 병신이라고 욕하는데, 가만히 있으면 그게 더 이상한 아들 아닙니까. 선처해주십시오."

나와 아버지, 삼촌은 아무 말도 못 했다. 삼촌은 원래 경찰만 보면 무조건 도망치거나 어는 사람이니까 그렇다 친다. 아버지는 왜 가만히 있는지 모르겠다. 표정만 보면 낙서한 사람이 아버지 같았다. 나야 뭐, 앞집 아저씨를 저렇게 팼으니 할 말 없었다. 대신 똥주가 열변을 토했고, 앞집 아저씨는 계속 신음 소리를 냈다.

"아이고, 나 죽네……."

"거 조용히 좀 하세요!"

경찰이 앞집 아저씨한테 소리쳤다.

"자기 집 앞에 차를 댔는데, 못으로 씨불놈이라고 써놓는게 정상입니까? 저분이 장애인이 아니었다면, 저 양반이 그런 짓을 할 수 있었겠냐고요. 사회가 이러면 안 됩니다."

똥주는 책상을 탕탕 치며 매우 안타까운 표정을 지었다. 오늘 연기 좀 한다.

"거기가 왜 저 양반 집 앞이야! 내 집 앞이지."

"두 대문이 꼭 마주 보고 있는데, 왜 당신 집 앞만 돼! 차도 없는 양반이."

"나는 내 집이고, 저 양반은 세 들어 사는 사람 아냐!"

"세를 냈으니까 집 앞까지 쓸 자격이 있지!"

똥주는 지지 않았다.

"선생님. 여기서 이러시면 안 됩니다. 그리고 아저씨, 선생님 말 틀린 거 없어요."

"민중의 지팡이가 아주 썩었구만."

"아저씨!"

경찰이 눈을 부릅뜨고 앞집 아저씨를 바라보았다.

앞집 아저씨의 신음이 다시 시작됐다.

"제가 담임이라 잘 압니다. 저 아이, 무척 성실한 학생입니다. 오늘은 너무 화가 나서 실수를 한 모양입니다. 선처 바랍니다."

"그게 제가 봐준다고 되나요. 합의를 봐야죠. 저기, 아저씨! 별로 다친 거 같지도 않은데 좋게 끝내세요. 그 집 앞, 아저씨네만 쓰는 데 아니에요. 아저씨도 도색 값 물어줘야 하는데 화해하시고 좋게 끝내시죠?"

"그 똥차 도색해주고 말지. 저런 놈은 폭행죄로 넣어야 돼! 법대로 해, 법대로!"

"인신공격, 정신상해, 재산상해, 우리도 피해 보상 한번 거하게 청구해봐!"

똥주가 눈에 힘을 주고 큰소리쳤다.

"뭐?"

"나, 이래 봬도 법대 출신 사회 선생이야. 당신, 법 좋아해?"

"아유……. 생기다가 만 똥차가 무슨 재산이라고."

앞집 아저씨는 자리에서 일어났다.

"아저씨, 여기 도장 찍고 가세요!"

앞집 아저씨는 경찰이 내민 종이에 지장을 꾹 찍고 파출소를 나갔다.

우리는 치료비를 주지 않았고, 앞집 아저씨도 티코 도색 비용을 주지 않았다. 그래서 티코에는 여전히 씨불놈이라고 써 있다. 그나마 글씨가 잘 보이지 않는 건 빨간색 네임펜으로 글씨를 덧씌웠기 때문이다. 앞으로도 종종 해야 할 것 같다. 앞집 아저씨는 똥주만 보면 빽큐를 날린다. 똥주는 앞집 아저씨만 보면 입모양으로 '좆 까'라고 한다. 낙서 사건으로 똥주가 학교 선생님인 게 동네에 알려져 체면상 소리까지는 내지 못했다. 실로 대단한 똥주다. 앞집 아저씨도 이제 슬슬 교회를 찾을지 모른다.

아버지가 티코에 시동을 걸 때, 똥주가 쓰레기봉투를 들고 나왔다.

“벌써 가십니까?”

“물건 다 뗐으니, 장날 맞춰 나가야죠.”

“네에. 완득이가 별말 없던가요?”

“무슨 일 있었습니까?”

“아뇨, 요즘 소설을 꽤 열심히 쓰는 것 같더라고요.”

“선생님이 옆집에 계셔서 든든합니다. 맡기고 가겠습니다.”

“완득이가 다 알아서 하던데요, 뭘.”

“어려서부터 워낙에 혼자 있던 녀석이라…….”

“얼른 가세요, 아버지.”

나는 티코 지붕을 퉁퉁 쳤다.

“와, 와, 완득이…….”

“완득이 잘 보살피겠습니다.”

드디어 똥주도 삼촌의 앞말만 듣고 뒷말을 알아맞히는 능력을 갖게 됐다.

티코가 골목을 빠져나갔다. 중국산 손톱깎이 세트와 돋보기안경을 가득 싣고.

이번 장은 충청도다. 예산군에 있는 삽교 시장을 시작으로 연기군 조치원 시장까지 돌려면 족히 한두 달은 걸린다. 1, 4, 5, 7, 8, 9, 10일식으로 장날은 정해져 있지만, 충청남도에 있는 크고 작은 오일장만 30여 개가 넘는다. 이 많은 장을 날짜 맞춰 돌라 치면 한곳에서 잠시 쉴 틈도 없다. 중간에 서울에 와서 물건을 떼더라도 집에 들르지 못하는 이유가 거기에 있었다.

늘 어둠침침한 곳에서만 춤을 추던 두 사람이 이제 시장에서 춤을 춘다. 아직 장에서 춤추는 모습은 보지 못했다. 확실한 건 카바레 다닐 때보다 건강해 보인다는 것이다. 카바레……. 아버지가 맞는 모습을 봤고, 그러면서도 웃는 모습을 본 곳이다. 웃는데 그 웃는 모습이 싫었고, 웃으면서도 울까 봐 괜한 걱정을 했었다. 그런 내 마음을 알았을까. 아버지는 내가 중학교에 올라가자마자 서울에 작은 방을 얻어 혼자 살도록 했다. 숙소와 카바레를 오가는 내 모습이 싫었던 모양이다.

"완득아. 너도 내 춤이 우습냐? 헤헤헤. 나는 되는데, 사람들은 왜 자꾸 안 된다고 하지? 리듬은 키가 타는 게 아니라, 몸이 타는 건데. 바보 천치들, 그 쉬운 걸 몰라요. 딱 십 센티만 더 컸으면……. 헤헤헤."

내가 어렸을 때, 아버지는 술만 먹으면 이런 말을 했었다. 그리고 그 말은 내가 아버지 키를 넘길 때부터 가슴 무겁게 들리기 시작했다. 나는 열네 살 때 카바레를 떠났다. 내 기억의 첫 번째 장소 카바레. 가끔은 그곳이 그립다.

"아버님한테 말 안 했냐?"

"……."

"어머님이 아버님은 뵙기 싫다네."

"도대체 무슨 증거로 제 어머니라고 하세요?"

"사진 봤어. 너 돌 때 찍은 가족사진. 아버님은 예나 지금이나 똑같던데."

사진……. 나는 그런 거 한 번도 못 봤는데.

"너 모유 끊을 때까지 기다렸다가 나오셨대. 다행인지 불행인지 니가 모유는 빨리 뗐다더라."

어머니 젖을 먹고 컸다니. 나는 카바레 누나들이 주는 과자를 먹고 큰 줄 알았다.

"정 싫다면 할 수 없지. 새끼가 은근히 쪼잔해. 가서 소설이나 써, 새끼야."

"어우, 도완득 소설 쓰냐? 보기하고 다르네."

똥주 옆 자리에 앉은 물리 선생님이 나를 보며 말했다.

소설이라고는 단 한 글자도 써본 적 없는데 똥주가 자꾸 나를 소설 쓰는 애로 만든다. 이러다 진짜 소설가 되는 거 아닌지 모르겠다.

교실로 들어오는 순간 똘아이 혁주가 범생이 준호 오른쪽 눈을 강타했다. 혁주 자식 나하고 붙을 때는 몰랐는데, 주먹이 꽤 빨랐다. 스피드건으로도 찍을 수 없을 것 같은 속도였다. 문제는 속도만 빠르지 펀치가 약하다는 데 있었다. 얼떨결에 몇 대 맞았지만 맞고 보니 별로더라 하는 표정으로 준호의 반격이 시작됐다. 알맞은 속도와 무게가 실린 주먹. 정확한 조준 능력. 그 입 다물라는 것처럼 혁주 입술 중앙에 준호 주먹이 퍼펙트하게 꽂혔다. 눈치 없는 애들은 박수를 칠 만큼 깔끔한 펀치였다.

잠시 비틀거리던 혁주는 자기 펀치의 위력을 이제 알았는지 준호 머리채를 잡고 늘어졌다. 저 짧은 머리를 잡은 게 용했다. 시야가 가려진 준호는 더 이상 펀치를 날릴 수 없었다. 준호가 자세를 팍 낮춰 머리를 빼내고 말했다.

"까불지 마."

"덤벼, 새끼야. 덤벼!"

준호가 또 덤볐다가는 곧 죽게 생긴 혁주가 씩씩거렸다.

그런데 분위기가 조금 이상했다. 반 아이들이 수군거리며 욕하는 애는, 똘아이 혁주가 아니라 범생이 준호였다.

"씨발놈. 할 짓이 없어서. 카악!"

혁주는 교실 바닥에 침을 뱉고 자리에 가서 앉았다. 준호도 자리로 돌아갔다. 얼핏 이긴 건 준호 같은데 쪽팔려하는 것도 준호였다. 별일이다.

"어우, 염준호 재수 없어."

여자애들은 준호가 듣든 말든, 어떻게 보면 들으라는 듯이 욕을 했다. 남자들끼리 좀 싸운 거 가지고 유난이다. 준호가 교실을 나갔다. 가방까지 들고 나간 걸 보면 아예 집으로 가는 모양이다.

"씨발놈아, 또 그리러 가냐!"

혁주가 벌써 나가 버린 준호를 향해 소리쳤다.

"씨발놈이 어서 그릴 게 없어서 그따위 만화를 그려."

혁주가 계속 떠들자 정윤하도 가방을 들고 나갔다. 오늘, 배치고사 1, 2등이 나란히 야자를 튀는 이변이 속출했다.

"야, 혁주야, 네 파트너 나가셨다."

혁주랑 늘 붙어 다니는 명빈이였다.

"너도 봤어?"

"봤지. 너 아까 화장실 갔을 때, 교실에 쫘악 돌았어."

"근데 그거 누가 찾아낸 거야?"

"동만이가. 준호 연습장 몇 장 쓰려고 가방 뒤지다가 발견했잖아. 대사는 또 뭐야! 푸하하."

"생각할수록 열받네."

"너무 열받지 마. 그런 만화 아니면, 니가 언제 정윤하랑 사귀어보겠냐? 그림은 잘 그렸더라. 담탱이 앞에서 수업하고 있는데 뒤에서 뭐 하는 짓이야."

명빈이는 숨을 꺽꺽대고 웃었다. 하여간 그렇게 안 보였는데 준호가 야한 성인 만화를 그렸나 보다. 정윤하가 도끼눈을 하고 나간 이유를 알겠다. 그런데 왜 하필 정윤하가 여자 주인공이지? 하긴 교복 재킷이 불룩할 만큼 가슴이 크긴 되게 컸다. 준호가 내일 학교에 올 수 있을지 모르겠다. 나는 자리에서 슬쩍 일어났다.

"섰냐?"

명빈이가 나를 슬쩍 보며 말했다.

"물 빼러 간다."

"하긴. 너도 그걸 봤어야 하는데."

그런데 나…… 정말 섰다. 십칠 년 만에 어머니가 나타났다는데 이 물건은 분위기 파악도 못 하고……. 처음부터 어머니가 없어서 어머니 없는 불편함을 몰랐다. 그런데 지금은 어머니가 있다면서 자꾸 교무실에 불려 다녀 불편하다. 어머니가 있다는 순간부터 머리까지 아프다. 이상하게 정윤하 가슴이 자꾸 떠올라 거시기도 아프다. 보지도 못한 준호 만화가 내 멋대로 상상돼 아랫도리가 묵직하다. 십칠 년 만에 나타난 어머니보다 지금은 이게 더 문제다.

2부

패
앵

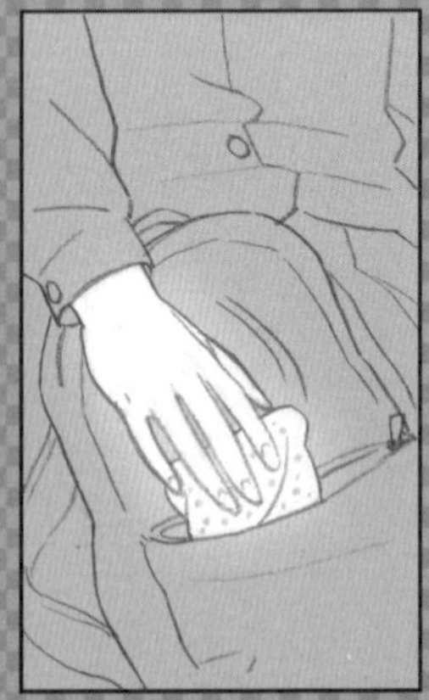

신성한 교회에서 웬일이야

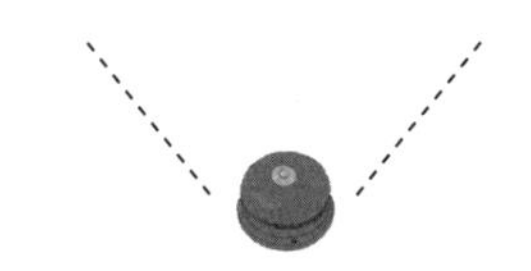

유일하게 내가 그 만화를 못 본 사람이라 그런가? 정윤하가 나한테만 친절하다. 다른 애들한테는 “비켜!” 하고 쌀쌀맞게 말하면서, 나한테는 “비켜줄래?”라고 한다. 정윤하가 요즘 남자애들에게 하는 말은 “비켜!”밖에 없다. 어쩔 때는 여자애들하고도 말을 안 하는 것 같다. 준호는 똥주한테 몇 번 불려 다니더니 죽어라 공부만 한다. 남자 주인공 혁주는…… 여전히 똘아이로 돌아다닌다.

“어쨌거나 정윤하는 이제 내 여자야. 아, 머리 좋은 여자는 피곤한데…….”

준호는 무슨 생각으로 혁주를 남자 주인공으로 캐스팅했을까.

똥주가 들어왔다. 교실이 순식간에 조용해졌다.

"새끼들, 공부하는 거 봐라. 갑자기 서울대가 니들한테 막 손짓하냐?"

학생들이 공부한다고 빈정거리는 선생님은 똥주밖에 없을 것이다.

"오늘 야자는 여기까지. 학교에 일이 생겼다는데 니들은 알 것 없고, 얼른 집에 가. 종례 끝!"

아이들이 환호성을 지르며 교실을 나갔다. 나도 똥주한테 붙잡힐까 봐 후다닥 뛰어나왔다. 정윤하가 내 옆을 휙 지나가는가 싶더니 우뚝 멈췄다. 나는 정윤하를 피해 복도를 달렸다. 멈춰 섰던 정윤하가 달려와 내 뒤에 바짝 붙었다. 뭐야, 귀찮게. 나는 정윤하가 먼저 달려가게끔 복도 끝쯤에서 걷기 시작했다. 정윤하도 걷기 시작했다. 거슬리게 왜 사람 옆에서 알짱거려.

"완득아!"

혁주였다.

"오늘 일찍 끝났는데, 니네 집에 가서 라면이나 끓여 먹자."

"아버지 오시는 날이야."

"오시면 어때."

"쉬셔야지."

"에이, 그럼 편의점에 가서 먹고 가야겠다."

저 똘아이는 친해야 가능한 얘기를 친하지도 않으면서 스스럼없이 잘한다. 한 번도 그런 적 없는데 우리 집에서 라면을 꽤 끓여 먹은 것 같은 말투다. 똥주가 만날 학교 옆에 사는 새끼 어쩌구 해대니까 저거까지 덩달아 난리다. 하필이면 왜 이 동네로 이사 와서는……. 혁주와 말하는 사이 정윤하가 옆으로 지나갔다.

아버지는 변두리 지역이라도 꼭 서울을 고집했다. 서울에서 중고등학교를 다녀야 괜찮은 대학을 가는 줄 안 것이다. 거리가 먼 2지망 학교가 배정되면서 아버지는 학교 근처로 집을 옮겼다. 말이 근처지 개천을 따라 버스로 세 정거장을 간 뒤, 가파른 골목 꼭대기까지 올라가야 나오는 옥탑방이었다. 조용히 살자는 내 인생 철학에 제동을 건 똥주가 사는 동네이기도 했다. 아버지의 어설픈 맹부삼천지교가 내 인생을 이렇게 꼬이게 할 줄이야.

버스가 휙휙 지나가는 개천 길을 따라 걸었다. 특별한 날 아니면 버스를 타지 않는다. 나는 간만에 동네를 둘러보며 걸었다. 완곡 노래방. 고은이 치과. 주재민 베이커리. 쿠키 카페. ㅋ이 떨어져 나간 킥복싱 체육관…….

"저기……. 도완득."

차분한 목소리. 정윤하다. 쟤가 오늘 왜 이래.

"도완득!"

나는 고개를 살짝 숙이고 뒤를 돌아보았다.

"왜?"

"할 말이 있어."

"해."

"어디 좀 가서……."

"어디?"

"나, 이 동네에 안 살아서……."

나는 이 동네 살아도 여기에 뭐가 있는지 잘 모른다. 이사 온 지도 얼마 안 됐고 개천길 따라 학교와 집을 다닌 게 고작이다. 어딜 가지? 조금 더 가면 DVD방이 있기는 한데, 보지도 않은 그 만화가 자꾸 생각나서는. 범생이라 카페 같은 데는 안 가겠지?

"따라와."

오고 싶어서 온 건 절대 아니다. 딱히 갈 곳이 없고, 사람도 없으면서 이 시간에 문이 열려 있는 곳은 여기밖에 없어서 왔다.

"너 교회 다니는구나."

"……."

똥주가 담임이 된 다음부터 오기는 왔다. 근데 이게 교회를 다니는 건가? 그 흔한 성경책하고 찬송가 한 권 없는데.

"교회 아담하고 좋다."

아담하고 좋지. 이 교회에 있는 하나님이 전지전능하지 않아서 문제지.

"할 말이 뭐야?"

"너 입학하자마자 싸우는 거 보고, 노는 앤 줄 알았어."

"노는 애야."

"진짜로 노는 애 말이야. 날라리."

"날라리든 노는 애든 그게 왜?"

"하긴, 노는 애들이 쿨하기는 더 쿨하다더라."

"할 말이라는 건 언제 할 건데?"

"너 왜 만날 혼자 다녀?"

"뭐?"

"혼자 급식 먹고, 만날 혼자 다니잖아. 담임이 완득이, 완득이 할 때도 나 같으면 정말 짜증 났을 텐데, 넌 부르거나 말거나 하는 것 같더라."

나 똥주 무지 짜증 나는데. 얘가 좀 무디군. 하여간 그래서 뭐가 어쨌다는 건지. 어? 예수님 그림이 바뀌었다. 얼굴이 더 확대된 그림이다. 이제 보니 예수님 인물 좋네.

"내 얘기 들어?"

"뭐? 어, 들어."

"어쨌든, 넌 아무것도 아닌 일을 꼭 뭔가로 만들려는 애들하고 다른 것 같아."

"무슨 말인지 하나도 못 알아듣겠네."

"교실에 스윽 나타났다가 스윽 사라지고. 그래서 혹시 내가 어떤 말을 해도 넌 스윽 잊어줄 것 같아서……."

얘 뭐야. 뭐가 그렇게 스윽스윽거린다는 거야. 피곤하네.

"네가 그 만화 봤어도 상관없고, 못 봤어도 상관없어. 너는 그냥……."

"못 봤어."

"상관없어. 내가 한 말을 한 귀로 듣고, 한 귀로 흘려보낼 수 있는 사람이 필요했어. 말은 하고 싶은데, 들은 사람이 기억하길 바라는 것도 아닌 거야."

"그 만화에 대해서?"

그렇다면 정윤하 착각하고 있는 거다. 솔직히 그 만화 궁금해 죽겠다. 그러니 만화에 대해 듣는다면 때려죽인다 해도 못 잊을 것이다. 아, 이제 겨우 상상하지 않게 됐는데 얘가 다시 상상하게 만드네. 빌어먹을, 신성한 교회에서 웬일이야.

"만화 말고 준호. 그렇게 치사한 방법으로 복수할 줄 몰랐어."

"걔가 왜 너한테 복수를 해?"

"나랑 준호랑……."

정윤하는 고개를 푹 숙였다.

"1등이랑 2등이 사귀었군. 니가 헤어지자고 했고."

정윤하가 나를 흠칫 보았다.

"알았었니?"

"아니."

나는 원래 앞말만 듣고도 뒷말을 알아맞히는, 어디다 써먹지도 못할 재주가 있다니까.

"걔, 성도착증 환자 같아."

성도착증? 나는 정윤하를 물끄러미 보았다.

"뭔지 알지? 남자애들은 다 그러니?"

보통은. 나도 준호하고 같은 병을 앓고 있는 모양이다. 이건 정말 이상한 건데, 카바레 누나들이 훌렁훌렁 옷을 벗고

갈아입을 때는 아무렇지도 않았다. 그 누나들을 지금 생각해봐도 마찬가지다. 그런데 교복 단추를 목까지 꽉 채운 정윤하만 보면 자꾸 이상한 상상을 하게 된다. 단추를…… 풀어버리고 싶다.

“개, 그런 만화 그리는 거 나한테 벌써 걸렸었어. 솔직히 그때부터 싫어졌고.”

별것도 아닌 거 가지고 유난은.

“누가, 준호 좀 죽여줬으면 좋겠어.”

이 교회 올 사람 또 생겼다. 예수님 바쁘시겠습니다. 그래도 내 기도가 먼저입니다. 잊지 마세요. 정윤하가 울었다. 손수건을 꺼내 코를 풀고, 코를 푼 손수건을 반 접어 눈물을 닦았다. 그리고 가방에 넣었다. 안 버리고 또 쓸 생각인 모양이다. 생각보다 더러운 애다.

“아, 후련하다. 고마워.”

할 말이라는 게 겨우 준호 죽었으면 하는 거였나? 그런 말이라면 저기 가시 팍팍 꽂힌 관 쓰고 있는 예수님한테 했어야지. 그나저나 나도 가끔 그런 만화 그리는데 얘한테 걸리지 말아야겠다. 나도 모르게 여기 와서 죽여달라고 기도할지 모르니까. 근데 정윤하가 나를 죽여달라고 하면 예수님이 나를 먼저 죽일까, 똥주를 먼저 죽일까. 이거 은근히 머리 아프네.

“너 참 편하다. 혹시 다음에 또 시간 내줄 수 있니?”

“가자.”

헤어지고 나서 골 때리는 만화나 그리는 준호나, 엄한 사람 붙잡고 헤어진 남친 죽었으면 좋겠다고 하는 정윤하나 그 나물에 그 밥이다. 피곤한 범생이들. 나는 자리에서 일어났다.

“오늘은 두 자매님이 오셨네요.”

동남아 남자다. 어수룩한 한국말로 꼭 한 번씩은 알은체한다. 한국말 좀 제대로 배우세요, 아저씨. 이런 구성이면 자매가 아니라 남매입니다. 어쨌거나 알은체하는데 그냥 나올 수 없어 고개만 까딱이고 교회를 나왔다.

나는 개천 윗길로, 정윤하는 아랫길로 갔다.

꽃분홍색 낡은 단화

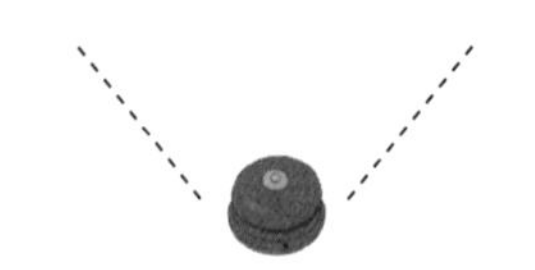

“완득아!”

똥주는 라면이 가득 든 박스를 들고 나를 불렀다.

“집에 가다 보면 비탈에 교회 하나 있지? 거기 좀 갖다 줘라. 교회로 들어가지 말고 옆으로 돌아가면 쉼터라고 써 있는 방 있어. 그리로 가져가. 너도 수급대상자니까 니 꺼 쫌 덜어서 가져가고.”

“수급대상자가 나밖에 없어요? 왜 나한테만 시켜요?”

복도를 지나가던 애들이 나를 흘긋 보았다.

“우리 옆집 사는 애는 너밖에 없잖아, 새끼야. 뭔 말이 이렇게 많아."

나는 박스를 받았다.

"아, 오늘 어머니 오셨다."

일부러 시킨 거였다. 영화처럼 어머니와 나를 만나게 하고 싶었다면, 나한테 말을 하면 안 되는 거였다. 완득아! 하면서 울기도 하고, 어머니! 그러면서 감동도 좀 받고, 그러는 거 아닌가. 이건 가라는 건지 말라는 건지. 가서 내 어머니가 누구신지요? 하고 묻기라도 하라는 건가. 안 간다.

나누리 쉼터.

쉼터라고 써 있는 간판 옆 작은 창문으로 불빛이 새어 나왔다. 심부름 안 하고 그냥 가면 내일 똥주가 난리칠 게 뻔했다. 나는 발소리가 나지 않게 조용히 걸었다. 문 앞에 살짝 놓고 갈 생각이었다.

"자매님."

아, 깜짝이야. 이 남자는 왜 자꾸 나타나는지 모르겠다.

"이동주 선생님한테서 연락받았습니다."

"무슨 연락요?"

"오신다고요."

"아저씨 어느 나라 사람이에요?"

"저는 인도네시아에서 온 알리 핫산입니다."

"근데, 그 나라도 예수님 믿어요?"

"제 아내가 믿습니다."

핫산이 웃으며 말했다.

"아저씨는 왜 나만 보면 자매님이라고 불러요?"

"교회에서는 그렇게 부르던데, 아닌가요?"

핫산은 내게 되물었다. 나도 교회라고는 똥주 때문에 가끔 왔다 가는 거 말고는 생전 다녀본 적이 없으니, 원. 교회에서는 원래 그렇게 부르는 건가?

"받으세요."

나는 라면 박스를 내밀었다.

"고맙습니다. 잘 먹겠습니다."

그때, 웬 여자가 쉼터에서 나왔다. 심장이 멈추는 줄 알았다. 여자는 나이를 가늠할 수 없는 외모였다. 어린 것 같기도 하고 늙은 것 같기도 하고.

"제, 아내입니다."

나는 얼른 밖으로 달려 나왔다.

아직도 가슴이 쿵쾅거린다. 어머니라는 게 도대체 뭔데 이렇게 가슴이 뛰는지 모르겠다. 한 번도 궁금한 적 없었는데 왜 갑자기 궁금하게 만드는 건지. 사기결혼 당한 거 눈치

채고 도망쳤으면 자기네 나라로 빨리 갈 것이지. 나는 어머니라는 말 할 줄 모르는데…….

집 앞에 누군가 서 있었다. 내 어머니라는 그분이다. 확실하다. 한 번도 본 적 없지만 내 가슴이 그렇게 말했다. 가슴이 또다시 쿵쾅거린다. 똥주 이 인간.

"잘 지냈어요?"

"라면…… 끓여 먹으려고요."

나는 가방에서 열쇠를 꺼내 문을 열었다. 그리고 가방을 방에 휙 던지고 냄비에 물을 받았다.

딱 딱 딱.

가스레인지는 손잡이를 세 번이나 돌린 뒤에야 불이 붙었다.

"잘 커줘서 고마워요."

그분이 문 앞에 서서 말했다.

"라면 드실래요?"

"……."

나는 컵에 물을 받아 냄비에 더 넣었다. 그분을 똑바로 볼 수가 없다.

"아버지는……."

"계란은 없어요."

나는 라면을 미리 뜯어놓았다. 딱히 할 일이 없었다.

"나는…… 그냥, 한 번만……."

"끓여서 들어갈 테니까, 방에 계세요."

그분은 잠시 주춤하더니 신발을 벗고 방으로 들어갔다. 촌스럽게 꽃분홍색 술이 앞에 뭉텅이로 달린 낡은 단화였다.

나는 라면을 끓여 방으로 들어갔다. 생전 처음 그릇에 라면을 옮겨 담아서.

그분은 자기 그릇에 있는 라면을 내게 덜어주었다. 배고팠는데 잘됐다.

"김치 없어요?"

"다 떨어졌어요."

"매일 이렇게 먹어요?"

"거의요."

"라면 많이 먹으면 안 좋다던데……."

"한국말 잘하시네요."

"한국 온 지 오래됐으니까요."

"라면 불어요."

할 일은 없고 시간은 많은데 너무 빨리 먹어버렸다.

그분은 벌받는 사람처럼 무릎을 꿇고 앉아 있었다. 밤늦은 시간인데 골목에서 여자애들 웃음소리가 들렸다. 웃음소리는 오랫동안 들리다 사라졌다.

"내일 학교 가야지요."

"이제 자려고요."

그분은 축축 늘어지는 천 가방에서 하얀 봉투를 꺼냈다.

"이거……."

"그런 거 필요 없는데요."

나 줄 돈 있으면 신발이나 새로 사 신으세요. 요즘은 애들도 저런 거 안 신어요.

"말로는 잘 못 하겠어서…… 너무 미안해서……."

"필요 없으니까, 가져가세요."

그분은 기어이 봉투를 내려놓고 방을 나갔다. 교회로 가는 걸까.

방에서 이상한 냄새가 나는 것 같다. 무슨 냄새인지는 모르겠다. 어쨌든 나 혼자 있을 때와는 다른 냄새다. 화장도 안 했던데 무슨 냄새일까. 이런 게 어머니 냄새라는 걸까. 그분이 먹었던 라면 그릇이 전과 달라 보였다. 나는 그분이 두고 간 봉투를 뜯었다. 돈인 줄 알았는데 편지였다.

미안해요.

잊고 살지 않았어요. 많이 보고 싶었어요.

나는 나쁜 사람이에요. 정말 미안해요.

혹시 전화할 수 있으면 전화해주세요.

000－000－0000

안 해도 돼요.

옆에 있어주지 못해서 미안해요.

그 흔한 아들이니 엄마니 하는 말은 없었다. 옆에 있어본 적이 없어서, 어머니라고 불러본 적이 없어서, 내가 어머니라는 말 대신 그분이라고 하는 것과 같은 걸지도 모른다. 다른 건 있다. 그분은 나를 보고 싶어 했다는 것이다. 하긴, 그분은 내 존재를 알고 있었으니까. 나는 편지를 봉투에 도로 넣고 방바닥에 휙 던졌다. 무슨 모자 상봉이 이렇게 허무한지. 그분이든 나든 눈물 한 방울은 흘려줘야 하는 거 아닌가? 삼팔선만 안 그어졌지 남북이산가족 상봉하고 뭐가 달라. 십칠 년 만에 나타난 어머니라는 분하고 고작 라면이나 끓여 먹고 헤어지다니. 어머니라는 존재 별거 아니군. 그나저나 똥주, 두고 보자.

“베트남 사람이데요.”

가방에서 번쩍거리는 의상을 꺼내던 아버지 손이 멈췄다.

"왔었어요."

"잘 지낸대?"

아버지는 의상에 맞는 넥타이를 골랐다.

"금방 갔어요."

"……."

"전화번호 두고 갔어요."

"이거 나중에 드라이 좀 맡겨라."

아버지는 전에 입었던 의상을 돌돌 말아 문 앞에 놓았다.

"시장에 춤출 곳이 있어요?"

"수레 앞에서 추지. 민구 춤이 좋아서 제법 사람들이 모여."

"가, 각설이들도 자, 잘 춰요."

민구 삼촌이 씨익 웃었다.

"그 사람, 나라가 가난해서 그렇지, 거기서는 배울 만큼 배운 사람이다."

"가, 가, 각설이들도, 춤 배웠구나."

삼촌이 진지하게 고개를 끄덕였다.

"이혼도 아니던데요."

"보내줬지."

“왜요?”

“카바레에서 춤추는 걸 이해 못 했어.”

“그게 다예요? 그랬다고 보내줘요?”

“숙소 사람들이 그 사람을 팔려 온 하녀 취급하는 게 싫었다. 내 아내가 아니라, 자기들 뒷일이나 해주는 사람으로 알더라. 가는 모습 봤는데, 못 잡았다.”

“세탁소 다녀올게요.”

“천천히 맡겨도 되는데.”

후련하다. 언젠가는 해야 할 말이었고 듣게 될 말이었다.

똥주다!

똥주는 성경책을 옆구리에 차고 후다닥 집으로 뛰어 들어갔다.

나는 얼른 똥주네 옥탑방으로 달려갔다.

“문 열어요!”

“못 열어, 새끼야!”

“씨발, 빨리 안 열어요!”

나는 문고리를 마구 흔들었다.

“이런 싸가지 없는 새끼! 어디서 선생님한테 씨발이야! 이 씨발놈아!”

"왜 가르쳐줬어요!"

"내가 안 가르쳐줬어!"

"그럼 어떻게 알고 왔어요!"

"내가 어떻게 알아, 새끼야! 나는 우리 집밖에 안 가르쳐줬어!"

"선생님네 집은 왜 가르쳐줬는데요!"

"니네 집 어디냐고 물어보니까!"

"그거 봐요! 선생님이 가르쳐줬잖아요!"

나는 새시 문이 부서져라 걷어찼다.

"나는 우리 옆집이라고밖에 안 했어! 우리 옆집이 니네 집만 있냐!"

"야이, 완득이 씨불놈아! 왜 일요일까지 지랄이야! 조용히 안 해!"

오랜만에 듣는 앞집 아저씨 목소리였다.

"완득이네 엄마 왔다잖아, 이 양반아!"

똥주는 순식간에 문을 열어 소리치고는 얼른 닫았다.

자기가 무슨 완득이네 통신원이라고, 학교니 동네니 할 것 없이 떠들고 다니나 모르겠다.

"선생님."

"왜 불러."

"고맙습니다."

"얼른 가, 새끼야."

나는 잡고 있던 문고리를 놓고 똥주네 옥상을 내려왔다.

바로 옆에서 혁주가 책상에 김밥을 떡 올려놓고 먹고 있다. 미술 선생님도 별로 신경 쓰지 않는 눈치다. 우적우적 단무지 씹는 소리가 내 자리까지 들렸다. 혁주는 가방에서 음료수를 꺼냈다. 그러다 나와 눈이 마주쳤다.

"주까?"

혁주는 소리 없이 입모양으로 말했다.

"너나 처먹어."

나도 똑같이 입모양으로 말했다.

혁주가 손가락으로 빽큐를 날렸다.

"이런 씨……."

"저기 맨 뒤에 학생."

혁주한테 미처 욕도 못 했는데 미술 선생님이 나를 불렀다. 동시에 혁주하고 눈이 마주쳤다. 혁주는 나를 보더니 총 쏘는 시늉을 했다. 손가락 총은 나를 겨누고 쏴놓고 지가 총에 맞은 듯이 가슴을 쥐어짠다. 저…… 똘아이.

"두리번거리다 나하고 눈 마주친 학생!"

나는 다시 미술 선생님을 보았다.

"저 그림 보니까 어때요. 얘기해봐요."

미술 선생님은 시청각 자료를 가리켰다. 텔레비전에 나온 그림 아래에 '밀레-이삭줍기'라고 써 있었다. 어딘가에서 자주 보던 그림이다.

"뭘 봐? 하는 것 같은데요."

"뭐?"

"구부정하게 서 있는 저 아줌마요, 뭘 봐? 하는 거 같다고요."

아이들 책상이 일시에 드럼으로 바뀌었다. 웃으려면 그냥 웃지 시끄러워 죽겠다.

"학생 이름이 뭐예요?"

"도완득입니다."

"밀레에 대해 좀 알아요?"

"모르는데요."

"지금도 큰 차이는 없지만 당시 농민들은 고된 노동에 시달렸습니다. 밀레는 그 모습을 진실하고 정감 있게 담아낸 화가죠. 노동의 가치를 보여주고 싶어 했어요. 그런데 허리도 못 펴고 일하는 사람 입장에서, 한가하게 그림이나 그리고 있는 밀레를 보면, 뭘 봐? 할 수도 있겠네요. 학생이 저 그림 하나로 농민의 고된 일상을 읽어냈으니 밀레 참 대단한 화가죠?"

미술 선생님이 슬쩍 웃었다. 썩 기분 좋아 보이는 웃음은 아니었다.

모델 입장은 뭐고 노동의 가치는 또 뭐야. 저 그림을 잘 봐라. 세 명 중에 우두머리로 보이는 구부정하게 서 있는 아줌마, 싸움 좀 해본 사람이 확실하다. 지푸라기를 슬쩍 들고, 나머지 손은 좌악 펴 손가락뼈를 맞춘 뒤 주먹 쥐기 일보 직전이다. 등과 가슴을 상대에게 보이지 않으면서 측면 공격을 할 수 있는 저 낮은 자세도 수준급이다. 앞에 두 여자 역시 마찬가지다. 두 여자는 지푸라기를 등 뒤에 숨기고 있다. 아차 싶으면 지푸라기를 던져 상대의 시야를 가리고 곧 치고 들어가겠다는 의지가 보인다. 우두머리 바로 옆 여자의 주먹 크기는 상당하다. 저 안에 돌을 쥐고 있을지도 모를 일이다. 치사해도 상관없다. 싸움은 일단 이기고 봐야 하는 것이다.

정윤하가 나를 보고 웃고 있다. 애가 조금 모자라 보인다.

종이 한 장 차이

교회 옆 나누리 쉼터는 늦은 시간에도 항상 불이 켜져 있다. 요즘 교회에 안 간 지 꽤 됐는데 한번 가볼까? 똥주 죽이는 걸 잠시 보류해서 급하게 갈 일은 없는데. 똥주가 갑자기 예뻐진 건 아니고 말 그대로 보류다. 하나님이 항상 실행에 옮길 준비를 하고 있어야 하는데 어째 영 게으른 거 같아서는. 정 아니다 싶으면 다음에는 절로 가봐야겠다. 그나저나 그분은 왜 전화번호는 남기고 가서…….

"자매님 요즘 교회에 안 오시네요?"

핫산이 교회 쪽으로 오며 물었다. 가까이서 보니 왼쪽 눈

썹 바로 아래가 쭉 찢어져 있었다. 펀치 제대로 맞은 게 확실하다.

"누가 그랬어요?"

"나랑 싸운 사람이요."

"그 사람 어딨어요?"

"집에 갔겠죠."

동남아 사람이라고 무시하고 팬 게 분명하다. 진절머리 난다, 그런 새끼들.

"집 알아요?"

"몰라요."

"혼자 다니지 마세요."

"개인전인데 그럼 둘이 올라가요?"

"뭐요?"

"킥복싱 시합 있었어요. 2차전까지는 갈 수 있었는데, 처음부터 강한 상대를 만나서."

킥복싱? 순진해 보이는 사람이 웬일이야.

"괜히 그런 데 다니면서 맞지 말고 교회나 열심히 다니세요."

"첫 상대가 너무 셌다니까요."

"쎄긴 뭘 쎄요. 킥복싱 그거 팔다리 다 쓰는 건데 그냥 패면 되지."

"하하하. 그럼 나하고 한번 해볼래요?"

그렇게 해서 나는 '킥복싱'이라고 써 있는 낡은 킥복싱 체육관을 다니게 되었다.

똥주는 아주 탁월한 선택을 했다며 야자를 빼주는 아량을 베풀었다. 요즘 똥주 하는 게 영 밉지는 않다. 뜻밖의 반응을 보인 건 아버지였다.

"고작 싸움이나 하라고 서울로 온 줄 아냐?"

"싸움이 아니라 스포츠예요."

"그래, 나도 예술이라고 생각하는데, 남들은 춤쟁이라고 하더라. 그게 세상이야!"

"세상이 뭐라고 해도, 아버지는 춤추셨잖아요."

"내가 아무리 노력해도 세상이 날 안 받아줬다. 춤은 그나마 다른 사람하고 함께할 수 있는 유일한 힘이었고. 사지 멀쩡한 놈이 뭐가 아쉬워서 그런 쌈질을 하겠다고……."

"다른 사람하고 별로 잘 산 것 같지도 않은데요."

짝!

아버지가 내 뺨을 내려쳤다.

"아버지가 제 몸 같았으면 춤…… 안 추셨겠네요."

짝!

아버지는 다시 한번 내 뺨을 내려쳤다. 예상했고 피하지 않았다.

"나는 아버지가 그런 춤을 춰서, 세상이 더 받아주지 않은 것 같은데요."

짝! 짝! 짝!

볼이 얼얼했다. 삼촌이 나 대신 울었다.

"그런 춤! 고얀 놈."

아버지는 문을 박차고 밖으로 나갔다.

조금 뒤 골목에서 티코가 출발하는 소리가 들렸다.

책상 앞에 앉아 있는 소설가. 내 꿈이 아니라 아버지의 꿈이었다. 그런데 알다시피 나는 소설의 '소'자도 모른다. 가끔은 만날 보는 글자가 생소해 보일 때도 있다. 죄송합니다, 아버지. 내 몸에 붙지 않는 소설가. 저 그거 관심 없습니다.

"스톱, 스톱! 정지!"

관장님은 경기를 중단시켰다.

"너 그 좋은 몸으로 다른 운동이라도 정말 안 해봤냐?"

"네."

"상대에 대한 기본 매너가 전혀 없어."

“…….”

“스포츠하고 싸움은 다른 거야. 이게 종이 한 장 차이 같지만, 그 한 장 차이를 넘지 못하면 넌 그냥 쌈꾼인 거야. 알았어? 녀석, 섬뜩하네. 사람 죽일래?”

나를 이곳에 데려온 죄로 스파링 상대가 돼줘야 했던 핫산이 고개를 저었다.

“핫산. 넌 조폭 꿈나무를 왜 여기로 데려왔어.”

핫산은 그저 웃기만 했다. 조금 더 붙었으면 케이오시킬 수 있었는데. 아깝다.

몇 달 동안 기본기부터 배워야 했다. 종아리가 끊어질 것 같은 버텨서기를 시작으로 팔굽방어, 서클스텝, 스트레이트, 블로킹 같은 동작을 죽어라 연습했다. 그냥 때리고 패는 것이 킥복싱인 줄 알았는데 규칙도 많고 조심스러운 운동이었다. 잘 맞는 게 이기는 거라는 관장님 충고에 맞는 연습까지 해야 했다. 맞는 연습을 하는 스포츠라…… 조금 찜찜하지만 킥복싱, 이거 해볼 만한 스포츠다.

준호가 전학 갔다. 그 사건이 터지고 남자애들은 그랬나 보다 하고 말았는데, 여자애들은 그러지 않았다. 끈질기게 준호 만화를 언급했고 왕따로 몰았다. 만화를 본 애들은 준호가 그림을 되게 잘 그렸다고 했다. 나는 그런 만화나 사진을 무척 많이 봤다. 가는 곳마다 있었다. 웨이터 형들이나 밴드 아저씨들이 "끝내준다!" "예술이다!" 그러면서 봤기 때문에 이상한 책이라고 생각하지 않았다. 물론 나는 끝내주거나 예술이라고 생각하지는 않았지만. 하여간 그런 거 한두 번 안 본 애들은 없을 것이다. 그런 소설을 직접 써보는 애도 있고, 그림으로 그려보는 애도 있다. 주인공이 우리 반 애가 아닐 뿐이다. 그 사건이 있은 뒤에 준호 이름 앞에는 저질이라는 말이 붙었다. 준호가 정말 저질이었을까. 멍청한 자식, 왜 들켜서는. 나중에 준호가 유명한 성인 만화가가 되면 빌려보지 말고 한 권 사줘야겠다.

이제는 정윤하가 왕따를 당하고 있다. 준호는 전학 가면서 저질이라는 말을 떼어버리고 갔다. 그리고 그 말은 고스란히 정윤하한테 붙었다.

"그렇고 그런 사이였대."

"자기가 하고 다닌 게 있으니까, 준호가 그런 그림을 그렸겠지."

"공부 잘한다고 행동도 똑바른 건 아니라니까."

정윤하가 술집을 다니거나 원조교제를 할지 모른다는 소문이 돌았다. 그리고 정말 그렇다고 믿는 애도 있었다. 바로 똘아이 혁주다.

"정윤하 저거 완전 내숭이야. 어쩐지, 핸드폰이랑 DS가 만날 최신형이더라니까. 든든한 물주 하나 물었나 봐."

정윤하하고 다니던 애들도 이제 같이 다니지 않는다. 같은 급으로 취급당하는 게 싫은 거다. 그래서 나만 귀찮아졌다. 운동하러 가야 하는데 할 말 있다며 자꾸 따라온다. 그러고는 혼자 떠들고 사라진다. 오늘도 그럴 것이다. 애초에 이 교회를 데리고 오는 게 아니었다.

"나도 전학 가고 싶었어."

"갈 줄 알았어."

"담임이 가지 말라고 해서."

"똥주가?"

"넌 삼촌한테 똥주가 뭐냐?"

"뭐?"

"전에 혁주가 애들한테 말해줬잖아."

"아, 그거……. 그때 혁주 새끼가……."

"담임도 그러더라, 네가 조카라고."

똥주 미쳤다.

"가지 말라고. 굳이 설명하지 않아도 가만히 버티면 풀릴 오해는 풀린다고. 오해를 안고 떠나면 남은 애들한테는 죽을 때까지 그런 애로 기억될 거라고 하더라."

"그냥 말해서 얼른 풀어."

"아닌 걸 아니라고 어떻게 보여줘? 지나가는 아저씨들 붙잡고 나랑 그런 사이 아니죠, 그래? 맞는 걸 증명하는 것보다 아닌 걸 증명하는 게 더 어렵더라."

"그런가."

"전에는 대학 가려고 공부했는데, 지금은 그런 애 아니라는 거 보여주려고 해."

"그럼 계속해."

"애들이…… 학원에까지 내가 옛날에 어땠대, 하고 다녀. 자기들이 본 건 준호 맘대로 그린 만화뿐인데, 내가 준호랑 사귄 건 맞으니까, 그 맞다에 은근슬쩍 끼워 말해. 내가 아니라고 하면, 너 준호랑 사귄 건 맞잖아, 하는 거야. 그럼 그렇다고 하지. 그러면 나머지 뒷이야기도 다 그렇다고 하는 거야. 이게 지금 애들이 나한테 하는 공격이야."

"학원 그만둬."

"그만뒀어."

"1등 못 하겠네."

"죽도록 공부해서 1등 안 놓칠 거야. 나 씹으면 씹을수록 더 할 거야."

"좀 재수 없다."

"누가?"

"너."

"왜?"

"몰라."

정윤하가 또 울었다. 눈물 닦은 손수건으로 코를 풀고 또 눈물을 닦았다. 늘 같은 손수건이다. 지켜볼수록 더러운 애다. 차라리 휴지를 가지고 다녀라. 어쨌거나 본의 아니게 급하게 기도합니다. 얘가 나 불러서 여기 안 오게 해주세요. 나, 이 우중충한 교회 별로거든요. 게다가 요즘 운동 좀 합니다. 태어나서 처음으로 내가 하고 싶은 거 하는데, 골치 아픕니다. 얘 좀 어떻게 해주세요. 나이가 창창하니까 죽이지는 말고요. 믿습니다! 거룩하시고 전능하신 하나님 이름으로 기도드리옵나이다. 아멘.

"두 분 자매님 자주 오시네요."

핫산이다. 갑자기 튀어나오는 거 재미 붙였나.

"완득이 자매님, 오늘 운동 안 갔어요?"

"지금 가요. 근데요, 다른 사람한테 한번 물어보세요. 교회에서는 남자끼리도 자매인지. 은근히 거슬리네."

우리는 교회를 나왔다.

나는 체육관을 가기 위해 정윤하와 나란히 개천길을 따라 내려왔다.

"너랑 얘기하면 맘이 편해져."

미치겠네. 개천에 던질 수도 없고.

"체육관 들어가 봐야 돼."

"주말에도 운동하는구나."

"빨리 가."

나는 체육관으로 휙 들어와 버렸다.

킥복싱을 시작한 지 꼭 석 달째다. 슬슬 위빙과 더킹 자세가 나오기 시작한다. 맞기는 싫으니 피하는 기술이라도 연습해야 했다. 잘 맞는 것도 기술이라는데, 잘 피해서 맞지 않기는 최고의 기술일지 모른다. 내 생각에 그렇단 말이다. 핫산은 내가 진도가 무척 빠르다며 놀라워했다. 그런데 관장님은 아직도 껄끄럽게 바라본다. 그래서 핫산과 한판 붙어서 이겨보겠다고 큰소리쳤다.

그런데…… 지금 좆나게 후회하고 있다. 이제는 날아오는 것이 발인지 주먹인지 구분도 안 된다. 위빙이니 더킹이니 이런 방어 기술 다 필요 없다. 그런 걸 따져 몸을 움직일 여유가 없었다. 무작정 뒤로 밀리면서 가드 올리기에 바빴

다. 겨우 잽을 날리면 허공을 휘저을 뿐이었고, 핫산의 미들 킥과 하이 킥은 연달아 들어왔다. 보호대 효과는 전혀 없는 것 같다. 아픈 게 아니라 뜨겁다. 뜨거운 뭔가가 온몸을 휘돌아 호흡을 정지시키고 시야를 흐리게 만들었다. 씨발, 싸움에서 질 내가 아니다. 나는 마지막으로 죽을힘을 다해 핫산에게 달려들었다. 그리고 핫산의 발목을 잡아당겼다. 핫산이 뒤로 벌러덩 넘어졌다. 하지만 스프링처럼 튀어 올라 내 목에 팔을 둘러 나를 제압시켰다.

"놔!"

"아호, 진정하세요."

핫산은 순식간에 나를 바닥에 깔아뭉갰다.

나는 그제야 싸움이 아니라 경기를 하고 있었다는 걸 깨달았다.

"아파요, 놔주세요."

"그만할래요?"

"네."

"핫산, 그놈 놔줘. 완득이 내려와."

나는 핫산의 부축을 받으며 링 아래로 내려왔다.

"똑바로 서."

똑바로 서려 해도 몸이 저절로 흔들렸다.

"똑바로 서란 말이야!"

내장이 완전히 꼬인 것 같은 배를 펴고 겨우 자세를 잡았다.

"한 대 패고 튈 수 있는 쌈질에서야 쌈꾼이 이길지 모르겠지만, 링 안에서 그렇게 까불면 바로 실격이야. 알았어? 똑바로 서!"

짝!

관장님이 느닷없이 내 얼굴을 내려쳤다.

"이건 따귀고."

관장님은 글러브를 꼈다.

퍽! 퍽!

빠르게 끊어 치는 강한 원 투 잽이었다. 가슴에 원, 턱에 투였다. 얼굴이 옆으로 획 돌아갔다.

"이건 잽!"

팍!

이번에는 나를 확 걷어찼다.

"이건 구타!"

퍽!

관장님 발이 복부 깊숙이 꽂혔다. 나는 그대로 무릎을 꿇고 바닥에 주저앉았다.

"이건 앞축! 알았어? 이게 왜 링 안으로만 들어가면 쌈꾼이 되는 거야? 너 조폭 밑에 있다 왔냐?"

똑같은 부위를 두 번씩 맞았다. 이래저래 맞은 건 똑같다. 싸움으로 맞든 운동으로 맞든 나한테는 그게 그거인 거다. 그런데 관장님은 다르다고 한다. 상대를 가격하고 상처 입히면서, 이렇게 치는 건 운동이니까 기분 나빠 하지 마쇼, 하고 때리면 괜찮은 건가? 조폭 밑에 있었냐고? 네. 그랬어요. 그때는 그 아저씨들이 조폭인 줄 몰랐는데 커보니까 조폭이더라고요.

아야, 주먹이 쉬면 안 돼. 니 주먹이 쉬는 동안 넘들 주먹이 들어오거든. 아니, 아니, 그렇게 폼 잡고 주먹 날리다가는, 폼 잡다 디져뿐다. 잽, 잽, 잽이 아니라, 턱에 완 빤치 날리고 모가지를 비틀어뿌러. 그렇지. 상대가 다리를 이렇게 뻗어 들어오문, 잡아. 그리고 돌려 꺾어뿌러. 아야, 종아리를 어떻게 돌리냐. 발목을 잡고 발을 꺾은 담에 돌려뻐려야 걷지를 몬해. 쌈에 치사한 게 어딨냐. 일단 이기고 봐야지. 그렇지. 새끼, 잘하네.

대기실에서 심심하다고, 내가 귀엽다고, 기도 아저씨들이 가르쳐준 것이다.

"스텝 정확하게 밟아서 스트레이트 시작해! 기본이 안 됐어, 기본이."

나는 샌드백 앞에 섰다.

원 투, 원 투 쓰리, 투 원 투, 원 투 원 투, 원 투 쓰리 포……. 흔들리는 샌드백을 향해 간간이 훅과 어퍼컷을 날렸다. 이놈의 킥복싱, 끝장을 보고 말 테다.

툭!

관장님이 내 뒤통수에 잽을 날렸다.

"누가 훅 날리래. 기본이나 잘 하셔."

"네."

핫산이 킥킥 웃었다.

아픈 곳에 파스를 다 붙이면 미라가 될지도 몰랐다. 계단을 올라가는 다리가 후들후들 떨릴 정도다. 아버지가 왜 그렇게 킥복싱을 반대했는지 알 것 같다. 그런데 이 킥복싱 마음에 든다. 내가 진짜로 살아 있다는 걸 실감하게 해준다. 킥복싱 이 녀석, 왠지 오랫동안 내 몸에 딱 붙어 있을 것 같은 예감이다.

문 앞에 보자기에 싼 커다란 도시락이 있었다. 나는 얼른 보자기를 풀었다.

기다려도 안 와서 그냥 갑니다.

반찬 남기지 말고 먹으세요.

그분이 또 다녀갔다. 만날 늦게 오는 거 알면서 늘 기다렸다 간다고 써놓는다. 그리고 여전히 존댓말을 사용한다. 나는 도시락을 들고 안으로 들어갔다.

잠깐 나와 주시죠

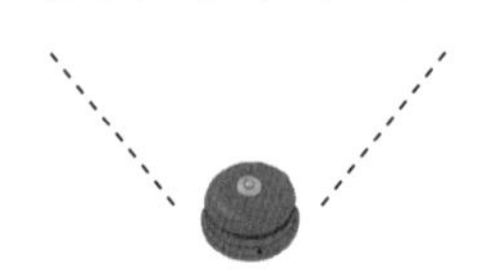

토요일과 일요일에는 숯불갈비집에서 아르바이트를 한다. 똥주가 개입한 일자리라 껄끄러웠지만 일을 해야 했다. 아버지가 아직도 킥복싱을 반대하고 있어 체육관비를 달라고 할 수 없었다. 맞기만 한 킥복싱, 이거 아직 끝장을 보지 못했다.

토요일과 일요일은 돼지갈비 먹는 날로 선포된 게 분명하다. 이날 돼지갈비를 먹지 않으면 과태료라도 부과되는 모양이다. 그렇지 않고서야 이 많은 사람들이 번호표를 받고 배고픔을 인내하며 대기하는 고통을 감수할 이유가 없다. 식사하는 스피드도 장난 아니다. 자리에 앉고, 밑반찬이 차려지고, 숯불이 들어가고, 철판이 올려지고, 고기가 구워지고, 먹기 시작한다. 모든 게 순식간이다. 알맞게 구워진 고기…… 기대하지 않는다. 익혀 먹는다기보다 태워 먹는 고기. 서비스 냉면은 두어 젓가락으로 해결하고 계산. 문 앞에 놓인 아이스크림 냉장고 앞에는 아이들이 즐비하고, 커피 자판기 앞에는 어른들이 즐비하다. 아이들은 떠지지 않는 아이스크림 때문에 짜증 내고, 어른들은 먼저 나온 커피를 빼지 않고 버튼을 또 눌러 커피 위에 커피가 떨어지게 만든다. 그리고 넘쳐버린 커피에 짜증 낸다. 빈 아이스크림 통 대신 새 아이스크림 통을 넣는 일, 바닥에 쏟아진 커피를 닦아내는 일도 내 몫이다. 이렇게 쉴 틈 없이 나르고 치우고 돌아오면 녹초가 된다. 그런데도 똥주는 고기 한 점 안 가져온다고 난리다. 숯이나 확 발라버릴까 보다.

"저 위대한 킥복싱 선수 좀 봐라. 안 일어나, 새끼야!"

나는 고개를 번쩍 들고 똥주를 보았다.

"혁주처럼 책 보는 척 자는 성의나 보이던가. 새끼가 대놓고 엎드려 자고 자빠졌어."

애들 웃음소리에 졸던 혁주가 눈을 떴다.

"혁주하고 완득이. 내가 꼴 보기 싫어 죽겠지? 니들은

2학년 때도 내가 무조건 담임이다, 새끼들아."

똥주가 내년에는 2학년을 맡을 모양이다. 그동안 바빠서 교회 못 갔는데…….

똑. 똑. 똑.

누가 교실 앞문을 두드렸다. 똥주는 대답 없이 문 쪽을 보았다.

웬 남자가 문을 열었다. 남자 뒤에는 또 다른 남자가 서 있었다.

"이동주 선생님이시죠?"

"그런데요."

"잠깐 나와 주시죠."

"무슨 일입니까?"

"학생들 있는데 좀 나와 주시죠."

여기저기서 웅성거리기 시작했다.

"조용히 해, 새끼들아, 그냥 이때다 해서는. 나 올 때까지 자습해."

똥주는 그렇게 교실을 나갔다. 그리고 돌아오지 않았다.

똥주는 나흘이 넘도록 학교에도 집에도 오지 않았다. 밤마다 햇반과 완득이 타령을 안 해 나하고 앞집 아저씨는 좋기는 했다.

“담탱이 무슨 일 있냐?”

혁주가 와서 물었다.

“내가 어떻게 알아.”

“네 삼촌이라며?”

“그거…… 그래, 그냥 그랬다 치자. 어쨌든 나도 몰라.”

“불법 체류 노동자하고 관련 있다며?”

“그런 얘기 어디서 들었어?”

“자세한 건 나도 모르고…….”

“어디서 들었냐고!”

“우리 엄마가 어머니회 운영위원이잖아, 새끼야.”

“그래서 어떻게 됐대?”

“나도 몰라. 모르니까 너한테 물어봤지. 유치장에 있다며?”

“뭐?”

나는 교실을 나왔다. 그리고 교회로 곧장 달려갔다.

“핫산! 핫산!”

망할 놈의 핫산은 만날 자동으로 튀어나오더니 오늘은 꽁꽁 숨었다.

"핫산! 핫산!"

"누군데 핫산을 찾아?"

기타를 등에 멘 대학생 형이 불쑥 나타났다.

"핫산 어딨어요?"

"어디 좀 갔는데, 왜?"

"선생님 좀 찾으려고요. 이 교회에 다니는 선생님인데, 경찰서에 갔다고……."

"이동주 선생님 찾니?"

"네."

"두 분, 같이 가셨어."

"어디요?"

"경찰서."

"어디 경찰서요?"

"남부."

"왜 잡혀간 거예요?"

"나도 잘 몰라. 누가 신고했나 봐. 금방 나오실 거야."

"금방 나올지 어떻게 알아요?"

"죄 없는 사람을 잡아갔으니까. 걱정 말고 가."

"네."

나는 실실 웃는 형을 뒤로하고 교회를 나왔다.

하여간 똥주. 남의 일에 설레발치고 다닐 때부터 눈치챘다. 짜고 치는 고스톱처럼 자매님 하고 튀어나오던 핫산은 왜 덤으로 엮혀 간 거야. 선생님도 아닌 것 같은 똥주. 어리바리한 핫산. 능력치 잘못 올리고 키운 캐릭터 같은 인간들. 동급 레벨 대비 최저 능력을 보유한 망한 캐릭터들이다. 게임처럼 확 삭제시키고 다시 키울 수도 없고. 영 꺼림칙하다. 똥주 하는 걸 보면 왠지 죄가 있을 것 같기는 한데. 나한테 지은 죄만 해도 몇 개야. 나 말고 또 누구 가슴을 후벼 팠나. 근데 핫산은 왜지? 순진하게 생겨서 알고 보면 똥주과인가? 남 가지고 놀기 좋아하고 가슴에 못질 쾅쾅 하는 것들은 죄다 잡혀가야 돼. 내가 한 기도가 슬슬 먹히고 있나 보다. 이상한 방식으로 먹히네…….

나는 체육관 문을 열고 들어섰다.

"요 며칠 핫산 안 나오네? 혹시 무슨 일 있냐?"

"잡혀갔어요."

"어딜?"

관장님은 버려도 될 것 같은 낡은 펀칭볼을 꿰매며 물었다.

"경찰서요."

"핫산 불법 체류자였냐? 아닐 텐데. 한번 가봐야겠군. 받어."

관장님은 다 꿰맨 펀칭볼을 던졌다. 나는 펀칭볼을 지지대에 달고 덤벨대에 누웠다.

본래 낡은 데다 회원도 없는 체육관이지만 오늘따라 더 낡고 허전해 보였다. 벌써 육 개월 넘게 체육관을 다녔는데 오늘처럼 쓸쓸해 보이기는 처음이다.

"너는 드는 거냐, 매달린 거냐?"

나는 덤벨을 내려놓고 관장님을 올려다보았다.

"일어나. 킥 좀 보자. 내가 이 나이에 미트나 대주고."

나는 덤벨대에서 일어나 관장님을 따라갔다.

"어허, 이거 오늘 완전히 정신 나갔네. 킥 미트 갖고 올라와!"

"아!"

나는 얼른 달려가서 킥 미트를 가져왔다. 그리고 링 위로 올라갔다.

나는 나이 많은 관장님을 상대로 술렁술렁 킥을 날렸다.

"다시, 다시, 정확하게 로우 찔러놓고 라이트로 강하게."

나는 다시 로우 킥을 날렸다.

"다시."

"다시."

"다시."

에라, 확!

"스톱."

순식간이었다. 스톱 소리와 동시에 관장님의 묵직한 미들 킥이 옆구리로 들어왔다. 숨이 탁 끊길 만큼 아팠다. 능글능글 능구렁이 관장. 나 없을 때 비밀 수련을 하는 게 분명하다.

"발등 쪽으로 잘못 킥하면 네 뼈가 아작 난다고 했지. 정확하게 정강이로. 어떤 경우에도 몸의 중심이 깨지면 안 돼. 빠르고 정확하게 판단하고 빈틈을 노린 뒤에, 팍! 넌, 그 싸움 습관 안 버리면 앞으로 절대 링 위에 못 올라가."

그렇게 많이 싸우지도 않았는데 왜 싸움 습관이 뱄다고 할까. 아주 가끔 몸이 달려가서 팼을 뿐인데. 업소 아저씨들끼리 싸우는 걸 보면서 싸움에서 지면 끝장이라고 생각했다. 생각이 몸으로 옮겨졌나. 어쨌거나 나는 일단 싸우면 이겨야 한다고 생각했고, 스포츠도 이겨야 하는 운동이라고 생각한다. 그런데 이기는 습관을 버려야 한다니, 뭐 이런 스포츠가 다 있냐.

집에 올라가는 길에 교회를 슬쩍 둘러보았다. 늘 불이 켜져 있던 쉼터 창은 요 며칠 불이 꺼져 있다. 밤늦은 시간까지 항상 켜져 있었는데. 교회가 기운이 쏙 빠져 보였다. 건물도 힘이 빠질 때가 있나. 세모난 지붕이 어깨를 축 내리고 있는 것처럼 보였다.

밤새 잠을 설쳤다. 유치장에 있는 똥주가 계속 떠올랐다. 도대체 무슨 사고를 친 걸까. 교회 형은 아무 일 아니라고 했지만, 유치장 갈 정도면 분명히 지은 죄가 있을 텐데. 남부라고 했다. 가서 직접 물어볼까? 혼자 가기는 어째 좀. 혁주랑 갈까. 아니다. 혁주 어머니가 어머니회 운영위원이라고 했다. 정윤하라면…… 좋다, 정윤하다.

나는 수업이 끝나자마자 정윤하를 불렀다.

"정윤하, 나 좀 잠깐 보자."

"왜?"

"여기는 좀 그렇고……."

애들이 흘긋흘긋 보았다.

나는 먼저 교실을 나갔다. 정윤하도 따라왔다.

"똥주한테 같이 좀 가자."

"담임? 담임 어딨는데?"

"경찰서."

"어머, 왜?"

"나도 몰라."

"근데 거길 우리가 왜 가?"

"그냥. 토요일이고, 날씨도 좋으니까."

"너 지금 나한테 데이트 신청하는 거야?"

"그렇다 치자."

얘는 이상하게 재수 없다.

"그런데 하필이면 경찰서냐? 좋아, 가자."

정윤하는 흔쾌히 나를 따랐다.

"이게 누구야, 일등하고 꼴찌 아냐!"

나도 모르게 면회실 안에 있는 경찰을 보았다. 눈이 마주쳤다. 내가 공부를 좀 하는 애는 아니지만 그렇다고 꼴찌도 아니다. 저 경찰은 분명히 나를 꼴찌로 기억할 것이다. 여기 오면 안 되는 거였다.

"선생님, 왜 여기 계세요?"

정윤하는 담담했다. 눈물 펑펑 쏟을 걸 기대한 건 아니지만 안쓰러운 표정 정도는 지을 줄 알았다.

"경찰이 막 끌고 왔잖아."

"그러니까 경찰이 왜 끌고 왔냐고요."

"나도 몰라. 하여간 금방 나갈 거야."

"금방 나오는지 어떻게 알아요?"

"그렇다면 그런 줄 알아. 빨리 가. 학생들이 이런 곳에 오래 있으면 안 좋아."

"네."

똥주가 안에서 일어났다. 정윤하와 나도 일어났다.

"어이, 완득이!"

"네."

"넌 윤하 보디가드냐? 새끼가 가만히 와서 가만히 가네."

"……."

"사식이라도 좀 넣었냐?"

"예?"

"제자라는 게 선생이 고생하는데, 확! 가라 가."

똥주는 면회실을 나갔다. 아직 멀쩡한 거 보니 지낼 만한가 보다.

나는 정윤하와 면회실을 나왔다.

"우리 이제 어디 갈래?"

정윤하가 물었다.

"나 아르바이트 가야 돼. 잘 가라."

"뭐?"

"늦었어. 똥주 때문에."

"기가 막혀. 그래, 잘 가라!"

정윤하는 버럭 소리치고 달려갔다. 재 좀 이상한 애다.

스텝 바이 스텝

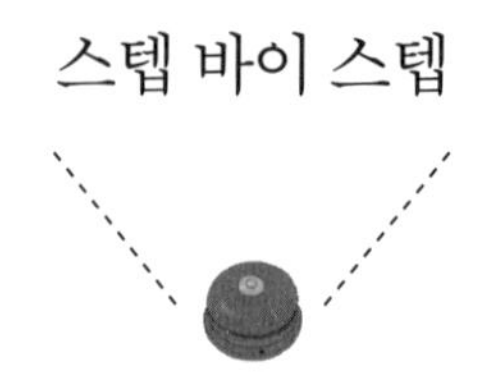

“그래도 선생님인데 찾아가 뵈어야지.”

“아버지 혼자 가세요.”

“이 자식이…….”

아버지는 커다란 두부를 들고 나를 째려보았다.

내가 유치장을 다녀온 지 사흘 만에 똥주가 돌아왔다. 그러니까 일주일을 유치장에서 보내고 온 것이다. 아무리 그렇다고 이 밤중에 두부를 들고 가야 하나. 나는 신발을 신었다. 전에 말다툼한 다음부터 이상하게 아버지 말을 거역할 수가 없다.

"가, 같이 가."

삼촌도 얼른 신발을 신고 따라 나섰다.

티코가 그나마 좁은 골목을 꽉 채우고 있었다.

"선생님……."

안에서 아무 소리도 안 났다.

"없나 봐요. 그냥 가요."

아버지는 나를 스윽 보더니 직접 부르기 시작했다.

"이 선생님! 이 선생님!"

앞집 아저씨가 불쑥 나와 어떤 씨불놈이! 라고 할 것 같았다. 하지만 다행히 오늘은 나오지 않았다. 똥주가 문을 열었다.

"완득이 아버님, 언제 오셨어요?"

"조금 전에 왔습니다. 이걸 좀 사 왔는데."

아버지는 두부를 내밀었다.

"배고팠는데 잘됐네요. 들어오세요."

우리는 모두 똥주네 집으로 들어갔다.

방 크기는 우리 집과 별 차이 없었다. 어울리지 않게 오른쪽 벽 천장부터 바닥까지 책들로 가득 찬 거 말고는. 읽지도 않을 거면서 폼은…….

"김치가 있어야 되는데, 없으니 그냥 먹겠습니다."

똥주는 커다란 두부를 우걱우걱 먹었다. 아버지는 두부와 함께 사 온 소주와 오징어를 꺼냈다. 작은 종이컵도 있었다.

"무슨 일로 선생님이 그런 험한 곳을."

아버지가 술을 따르며 말했다.

"고약한 노인네 하나 신고했거든요."

똥주는 소주를 단숨에 들이켰다. 삼촌이 똥주 잔에 참기름 따르듯이 조금씩 술을 채웠다.

"저는 선생님이 무슨 말씀을 하시는지……."

"외국인 노동자들 약점 잡아서 막 부려먹더라고요."

"불법 체류자 말씀하시는 건가요?"

"고의로 불법 체류하는 사람도 있지만, 불법 체류자로 만드는 사람도 있습니다. 그래놓고 강제 추방시킨다고 위협하죠."

"그런데, 그렇게 신고하면 노동자들이 추방당하는 거 아닌가요?"

"어쩔 수 없이 그런 일이 생기면 일단 우리 교회에 데리고 있습니다. 그런 사고 줄이려고 저희도 조심하고 있고요. 노동자들 인권 유린이 허다해요. 산재보험금은 지들이 처먹고 치료는 노동자 스스로 하게 하죠. 그 사람들 그냥 손가락 하나 자르고 말지 제대로 된 치료 안 해요. 그 치료비면 고국에 있는 가족들이 일 년을 먹고삽니다."

인권 유린? 이보세요, 이똥주 선생님. 외국인 노동자만 걱정하지 말고 내 인권이나 유린하지 마세요. 제자한테는 빽하면 조폭 새끼니 돌대가리니 해대고, 사생활이나 폭로하면서 무슨 외국인 노동자는 그렇게 챙기십니까!

"제가 아는 사람은 일부러 근무지 이탈해서……."

"많죠. 근무지 이탈한 줄 뻔히 알면서 고용하는 사람도 많고요. 아주 악착같이 부려먹죠. 저희는 열심히 살려는 분들을 도와드리는 겁니다. 반듯한 고용주한테 사기 치고 문제 일으키면 강제 추방도 시켜요. 한쪽으로 치우쳐서 일하는 게 아니에요."

"선생님 계시는 곳이 무슨 단체라도."

"단체 없어요. 맘 맞는 사람들끼리 그때그때 상황에 따라 움직이는 거죠. 이번에는 제법 덩치가 있는 곳을 찔렀더니 바로 맞받아치더라고요. 그래봤자 증거를 다 확보하고 작업한 건데 걸릴 게 있나요."

"나, 나는 걸렸는데……."

삼촌이 똥주를 보며 말했다.

"니가 외국인이야? 언제 걸려?"

아버지가 당황했다.

"트, 트, 트럭에 거, 걸렸잖아요."

"트럭에 걸리다뇨?"

똥주가 아버지에게 물었다.

"가끔 장 안에 자리를 못 잡으면, 노점상 단속반에 걸릴 때가 있어요."

본 적 있다. 신호등 앞에서 장사하다 걸린 노점상과 단속반이 싸우는 모습을. 다 팔아도 얼마 안 될 것 같은 채소를 비 맞으며 팔던 할머니. 카바레에 툭하면 뜨는 단속반 때문에 아버지는 죄인처럼 벽에 붙었었다. 이제는 노점상 단속반 때문에 벽에 서 있을 아버지 모습이 눈에 선했다. 한 번에 한 가지밖에 생각할 수 없는 삼촌은, 우리 물건이라는 생각밖에 하지 못했을 것이다. 그리고 맞아가면서 혹은 다행히 그냥 빼앗기면서 우, 우, 우리 거예요, 라고 했겠지.

"안에 자리 잡기가 힘든 모양이죠?"

"좀 크다 싶은 장은 조합이 있어요. 목 좋은 자리는 알음알음 그 사람들이 다 차지해요."

"그놈의 연줄이 시장에도 있었네."

"여, 연줄, 요즘에 아, 안 팔던데……."

똥주와 아버지가 동시에 픽 웃었다. 바로 저게 삼촌의 매력이다.

"저기, 재 엄마는, 불편하지 않게 다니나 모르겠습니다."

"완득이 어머님은 불법 체류자가 아니잖아요. 아버님하고 결혼하면서 주민등록증도 나왔고요. 우리 일 많이 도와주십니다."

"다행이네요."

"좀 자주 오시나요?"

"찬통이 자꾸 쌓이는 거 보니까, 오는 것도 같습니다만."

"네."

"핫산은 어떻게 됐어요?"

나는 말을 똑 끊었다.

"핫산? 추방시켰다. 저도 살려고 그랬겠지만, 같이 살았어야지……."

알고 보니 핫산은 고용주가 고용한 염탐꾼이었다. 똥주처럼 악덕 고용주를 고발하는 사람을 찾아내는 게 핫산의 일이었다. 핫산은 한국 사람을 위해 일했고, 똥주는 외국 사람을 위해 일했다. 그 대가로 핫산은 강제 추방을 당했고 똥주는 유치장에 다녀왔다.

"그 사람들하고 계속 있으면, 선생님 또 잡혀가는 거 아니에요?"

"외국인 노동자하고 있는 게 불법이냐?"

뭐가 웃긴지 똥주는 킬킬대고 웃었다. 배배 꼬인 웃음. 웃음 뒤에 무언가 숨기고 있는 그런 웃음이었다. 그 무언가를 묻고 싶었지만 묻지 않았다. 물을 수 없었다는 게 맞다.

"근데 그 교회, 사이비 아니에요?"

"사이비 아냐, 새끼야!"

기도해도 더럽게 안 들어주더구만, 사이비 아니면 뭐야 대체.

"저 먼저 가요. 드시고 오세요."

나는 똥주네 옥상에 서서 동네를 둘러보았다. 미치도록 많은 십자가가 동네에 박혀 있다. 똥주네 교회 십자가도 보였다. 잘하면 이 동네 집들보다 십자가가 더 많아질 것 같다.

"새끼들, 이게 웬 미친 학습모드야."

똥주가 돌아왔다.

"와!"

대단한 환호성이었다. 얘들이 언제부터 이렇게 똥주를 좋아했지?

"이놈의 인기는, 싸인받고 싶은 사람은 야자 시간에 따로 찾아와. 싸인받은 사람은 집행유예 기간 줄여줄 테니까."

아이들은 교실이 들썩거릴 정도로 책상을 두드리며 웃어댔다. 아무래도 앞 반 선생님이 '어떤 씨불놈의 교실이.' 하고 들어올 것 같았다.

"시험 얼마 안 남았다. 내신 들어가니까 알아서들 해. 그렇다고 미술시간이나 체육시간에 대놓고 다른 과목 공부하지 말고. 그 선생님들도 좆나게 공부해서 선생 됐거든요. 알았어?"

"예!"

"대답은……."

똥주는 교실을 나갔다.

"담탱이, 유치장까지 갔다 와놓고, 무슨 빽으로 학교에 복귀했냐?"

혁주였다.

"내가 아냐?"

"네 삼촌인데, 너 아니면 누가 알어?"

"우리 삼촌은 지금 돋보기 팔고 있거든요!"

"야, 돋보기랑 유치장이랑 무슨 상관이야?"

나는 혁주를 스윽 보고 책상에 엎드려버렸다.

관장님은 싸움과 스포츠는 다르다고 했다. 상대에 대한

배려를 잊지 말고 매너 있게 경기하라고 했다. 이것을 어기면 이기고도 평생 죄인처럼 살아야 한다고. 나는 싸움을 싫어한다. 아버지를 난쟁이라고 놀리지만 않았다면 싸우지 않았다. 그건 싸움이 아니었다. 상대가 말로 내 가슴에 있는 무언가를 건드렸고, 나도 똑같이 말로 건드릴 자신이 없어 손으로 발로 건드렸을 뿐이다. 상처가 아물면 상대는 다시 뛰어다녔지만 나는 가슴에 뜨거운 말이 쌓이고 쌓였다. 이긴다고 다 이기는 게 아니라고? 이겨야 이기는 거지. 관장님도 은근히 폼 잡기 좋아한다.

내가 처음 왔을 때는 그래도 서너 명이 같이 운동했는데 요즘은 밤늦도록 나 혼자 한다. 번잡한 걸 싫어하는 나로선 환영할 일이었지만 관장님 표정이 영 안 좋았다.

"핫산은 어서 조폭 꿈나무 하나 데려다 놓고 지 나라로 가버리고……."

핫산이 누군가의 염탐꾼 노릇을 하다가 강제 추방당했다는 말은 못 했다. 근무지 이탈, 부동산 불법 취득, 뭐 그런 걸로 신고해 추방시켰다고 했다. 핫산, 나, 그리고 킥복싱. 항상 순진하게 웃던 핫산이 조금 그립다.

"찌라시라도 돌려보세요."

"찌라시는 무슨, 그런 거 보고 혹해서 오는 애들치고 오래 버티는 놈 못 봤다. 지가 하고 싶어서 와야 참고 하지."

"호신술 같은 거 가르쳐주는 체육관도 많던데요."

"너 같은 녀석만 안 돌아다니면 돼. 잔말 말고 가서 연습이나 해."

관장님은 버너에 라면 물을 올렸다. 또 라면이다. 다음에 햇반 나오면 가져다줘야겠다. 어떻게 된 게 내 주변에는 수급자인 내가 가져다줘야 할 사람들만 널렸는지, 원.

"너, 시합 한번 나가 볼래?"

관장님이 이를 쑤시며 다가왔다.

"제가요? 벌써요?"

"지 실력은 잘 아나 보네. 내년 2월에 체육관 친선대회가 있어. 본격 대회에 들어가기 전에 몸 풀기로 한번 해보자는 거지."

"친선대회면 별거 아니잖아요."

"뛰어나 보고 그런 말 해. 어쨌거나 규칙은 규칙이니까, 1월에 승단 심사 보고 2월에 시합 뛰자."

"네."

"시간 없어. 주특기 확실히 살려둬."

"뭐나 가르쳐주면서 살리라고 하세요."

"어허, 이 녀석. 너 사무실에 가서 우산 좀 가져와 봐."

"우산은 왜요?"

"가져오라면 가져와."

나는 사무실로 들어갔다. 그리고 파라솔처럼 긴 우산을 들고 나왔다.

관장님은 우산이 잘 잠겼는지 확인했다.

"피해봐. 늦으면 발등 찍히니까 조심하고. 시작."

관장님은 뾰족한 우산을 내 발등에 내리꽂기 시작했다.

"아, 뭐예요!"

"뭐긴 뭐야, 피하는 거지."

나는 재봉틀처럼 빠르게 내려오는 우산을 정신없이 피했다. 우산은 앞뒤 좌우 할 것 없이 내리꽂혔다. 킥복싱 배우러 와서 우산이나 피하고 나 참. 뾰족한 우산 끝에 맞은 발가락이 자꾸 안으로 말려들었다.

"천천히 좀 해요!"

"천천히가 어딨어, 녀석아. 스텝 꼬이고 늦으면 그냥 끝나는 거지."

도대체 언제부터 킥복싱에 우산 피하는 기술이 있었는지 모르겠다.

"늦어, 늦어."

나는 결국 바닥에 쓰러져버렸다. 가슴이 조여왔고 종아

리 근육이 단단하게 뭉쳐 더 이상 서 있을 수가 없었다.

"우산도 못 피하는 녀석이……."

관장님은 우산을 장검처럼 옆구리에 멋지게 차고 사무실로 들어갔다.

우산 피하느라 하늘이 노래 보인 적은 처음이다.

발등과 발가락이 부어 걷기가 힘들다. 신발도 제대로 신을 수 없었다. 나는 그냥 신발을 벗어버렸다. 밤이라 보는 사람도 없고, 봐도 어쩔 수 없는 일이었다. 맨발로 걷는 거 나쁘지 않다. 벌써 가을이라 땅바닥이 차다. 덕분에 뜨겁게 달아오른 발이 시원해졌다. 하늘에 별도 없고 거리에 사람도 없다.

이쯔까와 킷또, yeah.

아시따와 못또, oh.

이마와 스텝 바이 스텝, yeah oh.

동방신기의 「Step by Step」을 크게 튼 야식집 오토바이가 휙 지나갔다. 얼마나 빠른지 '이쯔까와'에서 다가와 '스텝 바이 스텝'에서 사라졌다. 뭐라고 하는지는 몰랐지만 리듬은 흥겨웠다. 다시 거리가 조용해졌다. 멈춰버린 동네에서 내가 움직인다. 전에는 나만 멈춘 것 같았는데 지금은 나만 움직인다. 느낄 수 있다. 나, 대회에 나간다. 나 지금 스텝 바이 스텝 중이다.

오늘은 아무 생각 없이 푹 쉬고 싶었다. 그런데 옥탑방 문 열쇠가 그냥 헛돌았다. 내가 열쇠를 돌리자 오히려 문이 잠기고 말았다. 아버지가 왔다면 티코가 있어야 하는데……. 불도 안 켠 어두운 집. 도둑! 빌어먹을. 발이 불편해서 연타는 어렵다. 강하게 한 방으로 끝내야 한다. 나는 가방을 옥상에 살짝 내려놓고 운동화를 신었다. 운동화 끈을 조이자 발등이 찌릿했다.

문을 살짝 열었다. 끽 소리가 났지만 다행히 크지 않았다. 방문을 차고 들어가면 좋겠지만 우리 집 문은 앞으로 당겨야 한다. 빠르게 손잡이를 돌리고 바람처럼 스며들어 가야 했다.

하나, 둘, 셋!

빠르게 문을 열었다. 놈은 불도 안 켠 채 창문 앞에 우두커니 서 있었다. 좋다. 가만히 있는 샌드백과 동일하다. 빠른 스텝으로 근접거리를 확보하고, 무릎을 깊이 넣고 정확하게 정강이로 놈의 옆구리를 가격했다. 근사한 미들 킥이다. 놈이 앞으로 고꾸라졌다. 또…… 똥주다!

"너, 이…… 싸가지 없는 새끼…… 감히 학생이…… 선, 선생을……."

뻣뻣하게 굳은 똥주가 자꾸 등에서 흘러내렸다. 나는 똥주를 계속 바로 업으며 달려야 했다. 옥탑방에서 큰길까지 이렇게 먼 줄 처음 알았다. 죽지 마, 죽지 마! 하나님 잘못했어요. 그냥 다 잘못했다고요! 똥주 좀 살려주세요. 생각해보니까 똥주가 별로 나쁜 사람 같지 않아요. 나쁜 놈들 세상에 깔렸잖아요. 지금까지 살려줬으면 계속 살려주세요. 살려주세요…….

내 앞으로 눈치 없는 고양이가 휙 지나갔다.

"비켜! 개새끼야!"

야옹!

"고양이야, 새끼야."

똥주가 말을 했다. 교회를 막 지나칠 때였다. 저 교회에 하나님, 있는 모양이다.

"좆나게 무겁네."

"나는 좆나게 아프다, 새끼야."

내가 똥주를 업고도 쏜살처럼 달리니까 눈에 바람이 휙휙 부딪혔다. 그래서 눈물이 나왔다. 똥주…… 살았다.

"담탱이 또 잡혀갔냐?"

혁주였다.

똥주는 어젯밤 갈비뼈에 금이 가는 바람에 오늘 학교에 오지 못했다.

"뼈에 금이 가서 입원했어."

"왜?"

"킥복싱 하다가."

"하다 하다 이젠 별짓을 다 하는구나."

내 말이 그 말이다. 나는 오늘도 야자를 못 한다. 똥주한테 가야 하니까.

3부

원 투 차차차, 쓰리 투 차차차

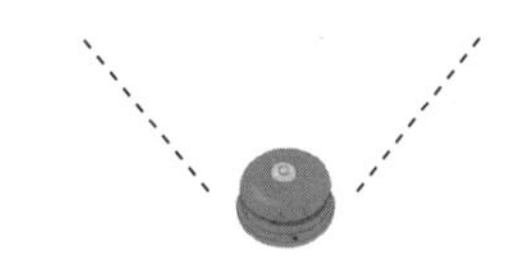

머리가 희끗한 할아버지가 휠체어에 앉아 똥주 옆에 있었다. 나는 다시 나가려고 문을 열었다.

"와놓고 어디 가?"

똥주가 나를 불렀다.

"손님이 계셔서요."

"옆에 앉아 있어."

똥주는 옆에 빈 침대를 턱으로 가리켰다. 나는 침대 뒤에 섰다. 동네 의원 이인용 병실이라 방도 좁았고, 냉랭한 분위기도 영 갑갑했다.

"하나밖에 없는 아들이라는 게……."

"하나밖에 없는 아들이니까 그러는 거예요."

"그래서 제 아비 공장을 신고했냐?"

"힘든 사람들을 험하게 대하셨잖아요."

"나는 그 사람들, 합법적으로 대했다."

"합법적으로 법을 피해서 대했겠죠."

"……."

"곰팡이 잔뜩 핀 숙소, 매번 퉁퉁 분 라면, 허술한 안전장치……."

"그것마저 제공하지 않는 곳도 많다."

"그것보다 나은 걸 제공하는 곳도 많아요. 당연히 그래야 하고요."

"이노오옴……."

할아버지는 휠체어 바퀴를 꽉 잡았다.

"베트남에서 온 티로 누나 기억하시죠? 가족이나 마찬가지라고 집안일까지 시켰던 누나요. 아 왜, 필통 판금하다가 절단기에 손가락 잘려서 귀국시켰던. 저요, 그때부터 철로 된 필통 안 썼어요."

"자원봉사도 아니고, 노동이 안 되는 사람을 계속 데리고 있을 순 없었다."

"하하하. 치료는 하고 보내셨어야죠. 안 그래요? 잘린 손가락 세 개가 손등까지 썩을 때까지 부려먹다 보냈잖아요! 제가 모를 줄 아세요? 저 고등학교 때 일이에요. 근데 월급은 왜 안 줘서 보낸 거예요? 알아보니까 아버지는 아직도 그러던데, 도대체 왜 외국인 노동자한테만 그러세요? 아! 맞다. 아버지는 원래 약자한테만 무지 강한 분이셨죠. 그걸 자꾸 잊네, 내가."

"정 기사, 정 기사!"

할아버지는 뒤도 돌아보지 않고 소리쳤다.

밖에서 양복을 말끔하게 차려입은 남자가 들어왔다.

"천하의 못된 놈!"

남자는 할아버지가 탄 휠체어를 끌고 문 쪽으로 왔다. 할아버지와 눈이 마주쳤다. 나는 얼른 고개를 돌렸다. 할아버지와 남자가 병실을 나갔다.

"아이고 나 죽네. 너 이 새끼, 퇴원하면 디졌어."

똥주가 갑자기 신음 소리를 냈다.

"물어보니까, 아주 살짝 금 갔대요. 아주 살짝."

나는 똥주 옆 빈 침대에 앉았다.

"누가 그래? 나 죽을지도 몰라, 새끼야."

"그러게 왜 남의 집에 계세요. 열쇠는 어디서 나셨어요?"

"니 아버님이 너한테 일 생기면 봐달라고 열쇠 하나 줬다, 새끼야."

"나한테 무슨 일이 있다고 왔어요, 그럼?"

"니가 아니라 나한테 있어서 갔지."

"무슨 일이요?"

"아까 그 영감이 밤에 갑자기 들이닥쳤잖아."

"선생님 아버지 같던데."

"맞어."

"몸이 많이 안 좋은가 봐요."

"하하하. 노인네가 궁지에 몰릴 때마다 휠체어를 애용해."

똥주 웃는 얼굴이 씁쓸해 보였다.

"기사까지 있는 거 보면, 부잔가 봐요."

"꽤 부자지. 할아버지 재산을 듬뿍 물려받았거든."

"선생님도 부자겠네요."

"왜, 부자라 싫으냐?"

"저 원래 선생님 싫어해요."

"알아."

"근데 왜 가난한 척하고 다녔어요?"

"새끼야, 척이 아니라 진짜야. 옥탑방에 사는 거 보면 몰라?"

"나도 아버지가 부자면 옥탑방이 아니라 지하도에서도 살 수 있어요. 사고 쳐도 다 해결해주는 아버지가 있는데 뭐가 걱정이에요? 선생님이 아무리 아니라고 해도, 아닌 건 아닌 거예요! 하도 가난해서 다른 나라로 시집온 어머니 있어봤어요? 쪽팔려 죽겠는데 안 가져가면 배고프니까, 할 수 없이 수급품 받아가 본 적 있어요?"

"새끼가 주둥이로 킥복싱을 배웠나. 말 잘하네."

"선생님은 그냥 가난을 체험해보고 있는 것뿐이에요. 든든하게 돌아갈 곳을 저기에 두고, 가난 체험을 하고 있는 거라고요! 갈 곳 없는 가난을 선생님이 알아요?"

"그럼 일개 교사가 벤츠 타고 출근하리? 보안장치 빵빵한 타워팰리스에 살면서 주말마다 골프 치러 다니면, 욕 안 할래? 이래저래 욕할 새끼가 뭔 말이 이렇게 많아."

"가난한 사람이 부자인 척하면 재수 없다고 하죠? 부자가 가난한 척해도 재수 없어요."

"너처럼 멋도 없는 새끼가 멋있는 척해도 재수 없어. 솔직히 너도 진짜 가난이 뭔지 모르잖아. 아버님이 너한테 금칠은 못 해줘도, 먹고 자는 데 문제없게 해주셨잖아. 너, 나 욕할 자격 없어, 새끼야. 쪽팔린 줄 아는 가난이 가난이냐?

햇반 하나라도 더 챙겨 가는 걸 기뻐해야 하는 게 진짜 가난이야. 햇반 하나 푹 끓여서 서너 명이 저녁으로 먹는 집도 있어! 문병 오면서 복숭아 하나 안 사 오는 싸가지 없는 새끼. 아이고, 나 죽네."

"부자 아버지 계시잖아요. 왜 나한테 사 오라고 해요!"

나는 침대에서 일어났다.

"야, 야, 어디 가."

"운동하러 가요."

"허구한 날 운동은. 데이트나 해, 새끼야."

"저 가요."

"윤하가 너 좋아하는 거 같더라."

아, 똥주. 선생님 자격증이나 있는지 꼭 확인해봐야겠다.

"진짜야, 새끼야!"

"아이, 진짜!"

"선생님한테 눈 부릅뜨는 거 봐라. 너 말이야. 사실이 그런 건 그냥 그렇다고 말해버리는 게 속 편하다."

"무슨 사실요?"

"한 번, 한 번이 쪽팔린 거야. 싸가지 없는 놈들이야 남의 약점 가지고 계속 놀려먹는다만, 그런 놈들은 상대 안 하면 돼. 니가 속에 숨겨놓으려니까, 너 대신 누가 그걸 들추면 상처가 되는 거야. 상처 되기 싫으면 그냥 그렇다고 니 입으로 먼저 말해버려."

"뭐요!"

"그 '뭐' 말이야, 새끼야. 니 나이 때는 그 뭐가 좆나게 쪽팔린데, 나중에 나이 먹으면 쪽팔려한 게 더 쪽팔려져. 나가, 새끼야. 나 졸려."

나는 뒤도 안 돌아보고 병실을 나왔다.

몰라도 될 걸 알아버린 인간들이 얼마나 너저분하게 구는지 정말 몰라서 저따위 말을 하는 거야? 남의 약점 가지고 즐거워하는 싸가지 없는 놈들이 지천에 깔렸다는 걸 정말 모르는 거야? 그렇게 태어나서 그런 모습일 수밖에 없는 아버지에게 사람들이 어떤 시선을 던지는지 모르고 하는 소리야? 발톱이 빠지고 인대가 늘어나면서까지 연습하며 진정한 춤꾼을 꿈꾼 아버지를 변두리 카바레로 내몰고 웃음거리로 전락시킨…….

그래, 나는 한 번도 내 입으로 아버지에 대해 말한 적이 없다. 내가 커밍아웃을 하면 그 놀림이 내가 아니라 아버지를 향하게 되리라는 걸 너무 잘 아니까. 이 세상이 나만 당당하면 돼, 해서 정말 당당해지는 세상인가? 남이 무슨 상관이냐고? 남이 바글바글한 세상이니까! 호킹 박사처럼 세상에 몇 안 되는 모델을 두고 그런 사람도 있다고 한다면, 나는 그저 웃을 수밖에 없다. 1등만이 특별한, 나머지는 1등의 언저리로 밀려나 있어야 하는……. 내 아버지는 호킹 박사 같은 1등 대접을 원하는 게 아니라, 높기만 한 지하철 손잡이를 마음 편하게 잡고 싶을 뿐이다. 떳떳한 요구조차 떳떳하지 못하게 요구해야 하는 사람이 내 아버지다. 내 입으로 말하라고? 아버지는 이미 몸으로 말하고 있다. 그걸 굳이 아들인 내가 확인사살 해줘야 하나? 자기들은, 내 아버지는 비장애인입니다, 하고 다니나? 좆같다, 씨발. 내가 부러뜨린 갈비뼈만 아니었으면 문병 안 갔다. 똥주, 이 인간은 어쩌면 그렇게 한 대 패주고 싶은 말만 하는지.

정윤하가 나를 뭐 하러 좋아해. 아이, 자꾸 신경 쓰이네. 하여간 똥주. 오는 길에 보니까 구름이 다 찢어져 있던데. 괜히 우습네. 무슨 구름이 찢어져 있냐. 구름은 원래 뭉쳐 있는 거야. 이히히. 원 투, 원 투 쓰리, 투 원 투, 원 투 원 투, 원 투 쓰리 포. 원 투, 차차차. 쓰리 투, 차차차.

퍼퍽! 관장님이 내 머리에 원 투를 날렸다.

"샌드백이 여자친구로 보이냐? 갑자기 춤은 추고 난리야."

아…… 나도 모르게 그만.

“좋은 일 있냐?”

“좋은 일은 무슨, 구름이 찢어졌더라고요.”

“뭐?”

“근데, 우리 체육관도 여자 받아요?”

“뭔 일이 있구만. 안 받어, 녀석아. 춤이나 계속 춰.”

관장님은 고개를 절레절레 흔들고 사무실로 들어갔다.

어퍼도 잘 들어가고 훅도 제법 깊다. 이런 컨디션이면 덤벨 100킬로그램도 한 손으로 들어 올릴 것 같다. 들어볼까? 아이, 나 정윤하 조금 재수 없는데……. 아이 참, 구름이 왜 찢어져서는, 자꾸 사람을 웃기네.

“뭐가 좋아서 그렇게 실실거려. 그만 웃고 따라와.”

나는 글러브를 벗고 관장님을 따라갔다.

관장님은 낡은 컴퓨터 앞에 앉았다. 그리고 킥복싱 경기 동영상을 보여주었다.

“잘 봐. 공격도 제 몸을 지키면서 들어가야 해.”

프로 킥복싱 대회였다. 경기가 시작되자마자 미들 킥을 날린 선수 정강이가 상대 선수 정강이에 부딪히면서 그대로 뚝 부러져버렸다. 끔찍했다.

“정강이 대 정강이가 되는 거야. 근데, 차는 쪽 정강이뼈가 부러질 확률이 높다. 철봉대에 킥을 날린 거와 흡사하지."

찢어져 우스웠던 구름이 이제 더 이상 우습지 않았다.

"무리하게 한 방 노리고 들어가다 보면 저런 일이 벌어진다. 링 위에서는 정신을 놓지 마라. 주위에 어떤 것에도 동요되지 말고, 상대의 움직임과 거리만 생각해. 그리고 찬스가 왔을 때, 퍽."

기선제압용 강한 한 방보다 강한 한 방을 노련하게 방어해낼 때 상대는 맥이 빠진다. 신경전. 빈틈없는 자에게 공격 기회가 온다. 4줄 로프 안의 사방 6.4미터의 공간, 1라운드당 3분. 3라운드 총 9분. 시간과 공간을 확보하라.

"보호대 착용해도 강도가 녹록지 않다. 대회 얼마 안 남았어. 긴장 놓지 마."

"네."

"밥은 잘 챙겨 먹냐?"

"아침은 걸러도 점심 저녁은 먹어요."

"세 끼 다 챙겨라. 야, 야, 누가 링 위에서 까불래!"

관장님은 프로레슬링 선수처럼 링 위로 올라가 점프하고 있는 중학생 녀석들에게 소리쳤다. 주먹으로 학교 짱이 되겠다고 온 중학교 1학년 세혁이와 수종이다.

"관장님. 저 어제 맞장 뜨다가, 스텝 꼬여서 좆나게 맞았어요. 이거 배우면 정말 싸움 잘하는 거 맞아요?"

오른쪽 눈이 퍼렇게 멍든 세혁이가 관장님한테 말했다.

"녀석아, 싸우는 데 스텝이 어딨어. 그냥 패."

"예?"

세혁이는 어이없는 표정으로 관장님을 보았다.

"죽도록 패, 안 되면 뭐라도 던지든가. 싸움에 치사한 게 어딨냐."

관장님은 휴지를 돌돌 말아 체육관을 나갔다.

"형, 우리 관장님 진짜 운동하는 사람 맞아?"

세혁이가 물었다.

"운동 가르치는 사람이잖아."

나는 세혁이 머리를 툭 치고 줄넘기를 잡았다.

"아, 씨발, 아무래도 잘못 온 거 같은데……."

세혁이는 입으로 칙칙 소리를 내며 수종이에게 갔다.

아무리 회원이 궁하다지만 뭐 저런 애들을 받아서는. 덕분에 창문에 써 있던 ㅡ복싱이 킥복싱으로 이름을 찾기는 했다. 세혁이가 까만 매직으로 ㅋ자를 써 넣었다.

아버지는 춤출 때 입는 재킷 어깨에 새 완장을 꿰매고 있었다.

"가라."

"가, 같이 가요."

"같이는 무슨. 불러줄 때 가. 시장판, 네가 있을 자리 아냐."

"시, 시장 가요."

"시장은……. 잘 생각해봐. 나 좀 나갔다 온다."

아버지는 완장을 꿰맨 재킷을 옷걸이에 걸어두고 방을 나갔다. 내가 킥복싱을 시작한 다음부터 아버지는 나와 눈을 잘 마주치지 않는다.

"아버지가 삼촌한테 어디 가라는 거야?"

"시, 시장."

"……."

더 이상 묻지 않았다. 삼촌한테 싫은 건 그냥 모르는 것과 같다. 아마 어딘가 춤을 출 수 있는 곳에서 삼촌만 부른 모양이다. 춤과 번쩍거리는 조명을 그렇게 좋아하면서 아버지 곁은 떠나기 싫은가 보다.

십여 년 전, 아버지가 새로 생긴 카바레를 홍보하기 위해 거리에서 명함을 돌릴 때였다. 아버지는 작은 스피커와 미니 카세트를 허리에 차고 차차차를 추며 이동했다. 스무 살

남짓한 삼촌이 아버지 뒤를 따랐다. 아무리 돌려보내도 아버지 춤을 흉내 내며 따라다녔다. 며칠을 아버지는 보내고, 삼촌은 뒤따르고를 반복했다. 결국 아버지는 삼촌의 할머니를 만났다. 그리고 삼촌을 맡았다. 그렇게 어느 날 갑자기 나타나 아버지에게 춤을 배운 삼촌. 다른 건 다 느리고 몰랐는데 춤은 빠르고 잘 알았다. 몸도 좋았고 인물도 좋았다. 단지 정신 능력 발달이 늦어진 채 어른이 된 사람이었다. 땅꼬마와 더듬이. 아버지와 삼촌은 저 타이틀을 가지고 붙어 다녔다. 삼촌에게 아버지는 유일하게 무섭지 않은 어른이었다. 그리고 삼촌은 아버지를 정말 어른으로 보는 유일한 어른이었다. 가끔 저 미련한 사람 때문에 가슴이 뜨겁다. 자기 자리가 아버지 옆인 줄 아는 그런 사람이다.

숯불갈비집 아르바이트를 그만두었다. 대회를 앞두고 토요일과 일요일을 연달아 쉬면 몸의 리듬이 깨진다고 관장님이 그만두라고 했다. 대신 새벽마다 신문을 돌린다. 아침 운동 겸 괜찮은 아르바이트다. 이제 똥주는 신문을 훔쳐 오라고 난리다.

"요즘은 볼 만한 신문이 없어. 돈 주고 보는 건 아까우니까, 하나만 쌔벼 와."

"인터넷으로 보세요, 그냥."

혁주였다.

"새끼야, 너는 똥 쌀 때 컴퓨터 들고 가냐?"

"노트북을 사든가요."

"니가 사줘라, 노트북."

똥주의 완승이다. 정윤하도 오랜만에 웃었다. 옛날에는 퍽 자주 웃었던 것 같은데. 그런데 요즘 나만 보면 차가운 얼굴로 변한다. 할 말이 있다며 따라오지도 않는다. 꼬박꼬박 야자도 잘 한다. 똥주가 나를 놀리려고 그냥 한 말이었나.

"정윤하 저거, 영화 한 편 보자니까 되게 튕기더라."

성인 만화 속 정윤하와 공식 커플 혁주가 말했다.

"니가 왜 정윤하랑 영화 보냐?"

"왜긴, 내 이거니까 같이 보지."

혁주는 새끼손가락을 치켜세우며 말했다. 똘아이 새끼.

정윤하가 교실을 나갔다. 나는 얼른 가방을 들고 뒤따랐다.

정윤하는 화장실 쪽으로 걸어갔다. 여자 화장실로 들어가면 끝장이다.

"야, 정윤하!"

정윤하가 멈칫하고 돌아봤다. 부르긴 불렀는데 뭐라고

하지.

"왜?"

"핸드폰 좀 빌려줘라."

"교실에 두고 왔는데."

"그랬냐……."

정윤하는 화장실로 들어가려고 했다.

"야!"

정윤하는 다시 멈췄다.

"왜 자꾸 불러?"

"동전이라도 좀 빌려줘라, 전화 좀 걸게."

"수신자 부담 전화 많잖아. 번호 알려줘?"

"그렇구나……."

나는 복도를 걸어 나왔다. 정윤하는 화장실로 들어갔다.

아무래도 똥주가 뻥친 거 같다. 무슨 선생님이 학생한테 뻥을 치는지. 자격미달이다. 그러고도 학교에서 안 짤리는 게 신기하다. 나도 사실 정윤하 별로다. 정윤하도 전학 갔어야 했다. 대회도 얼마 안 남았는데 신경 쓰여 죽겠다. 혁주는 왜 정윤하랑 영화를 보겠다는 거야. 거룩하시고 전능하시다는 하나님은 대체 저 교회에 있는 거야, 없는 거야. 들어가서 확인해볼까? 나는 교회 문을 슬쩍 열고 안을 들여다보았다.

"형제님 오셨어요."

오랜만에 교회를 찾았는데 누군가 툭 튀어나오는 건 여전했다. 교회 터가 아무래도 이상한 모양이다. 자매가 아니라 형제라고 한 사람은 전에 봤던 대학생 형이었다. 기타 대신 성경책을 들고 있었다.

"저는 손두선 전도사입니다."

"형 전도사님이었어요?"

"이 교회에 있을 때만 전도사야."

"예?"

"지붕에 십자가 있겠다, 구색은 맞춰야지."

실눈으로 스윽 웃으며 보는 게 '다 알면서' 하는 표정이다. 수상하다. 이 교회 이거 어디다가 신고해야 되는 거 아닌지 모르겠다.

"형은 왜 자매님이라고 안 불러요?"

"너 여자였어?"

"그게 아니라, 아니, 됐어요."

"오늘도 누구 찾으러 왔냐?"

"아니요, 그냥 와봤어요. 갈게요."

나는 다시 교회 문을 닫고 길가로 나왔다.

"학생! 학생!"

어떤 할머니가 은밀하게 나를 불렀다.

"왜 그러세요?"

할머니는 내 팔을 끌고 교회 아랫길로 내려갔다.

"학생, 저 교회 다니지 마. 순 사이비야."

"네?"

"내가 이 동네로 이사 오고 교회를 옮겼잖아. 글쎄 주일날 가보니까, 예배도 없고, 학생 같은 전도사라는 사람이 나 보고 혼자 기도하랴. 이게 뭔 조화여, 사방에 사이비가 판치니. 어쨌든 저 교회 가지 말어. 알았지? 아이고, 하나님 아버지."

가슴에 손을 얹고 하나님을 찾던 할머니는 개천을 따라 내려갔다.

아무래도 이사를 가야겠다. 똥주 주변에 더 있다가는 일이 생겨도 큰일이 생길 것 같다. 저거 봐라. 바로 생기지.

그분이 개천을 따라 내려오고 있었다. 나는 꼼짝도 못 했다.

"안 씻어놔도 되는데 왜 씻었어요."

언제 올지 몰라 문 앞에 내놓았던 빈 반찬통을 말하는 거였다.

"잘 먹었습니다."

그분은 입술만 살짝 움직여 웃었다. 만날 저렇다. 뭐 그렇게 잘못한 게 많다고 소리 내어 웃지도 못하는지. 똥주는 만날 잘못하면서도 잘만 웃던데. 꽃분홍색 술이 달린 촌스러운 단화도 여전했다.

"먹을 시간도 없는데, 자꾸 만들어 오지 마세요."

"운동한다면서요."

하여간 완득이네 통신원 똥주.

"대회에 나간다고요."

"그냥요."

"힘들 텐데……."

"그렇죠, 뭐."

"갈게요."

그분이 내 옆으로 지나갔다.

"저기요!"

그분이 돌아봤다.

"다음에는, 존댓말 쓰지 마세요."

"네."

얼마나 교양 있는 사람이 되고 싶어서 자식한테 꼬박꼬

박 존댓말을 쓰는지 모르겠다. 가난한 나라 사람이, 잘사는 나라의 가난한 사람과 결혼해 여전히 가난하게 살고 있다. 똑같이 가난한 사람이면서 아버지 나라가 그분 나라보다 조금 더 잘산다는 이유로 큰소리조차 내지 못한다. 한국인으로 귀화했는데도 다른 한국인에게는 여전히 외국인 노동자 취급을 받는 그분이, 내가 버렸는지 먹었는지 모를 음식만 해놓고 가는 그분이, 개천 길을 내려간다. 몸이 움직인다. 내 몸이 미쳐서 움직인다. 저 꽃분홍색 술이 달린 낡은 단화 때문이다. 나는 내려가는 그분에게 달려갔다.

"주세요."

나는 반찬통을 획 낚아챘다.

그분이 눈을 동그랗게 뜨고 보았다.

"따라오세요."

나는 앞장서서 버스 정류장 앞에 있는 시장 속으로 들어갔다. 폼 나게 백화점은 가줘야 하는데 내 월급으로 체육관비까지 내야 하니 할 수 없다. 나는 제일 가까운 곳에 있는 신발 가게로 들어갔다.

"들어오세요."

"……."

"들어오시라고요."

그분이 가게 안을 두리번거리며 들어왔다.

"신발 몇 신어요?"

"난 괜찮아요."

"몇 신냐고요."

그분이 머뭇거리자 주인아주머니가 거들었다.

"240은 되겠네."

"그럼 240짜리 구두 보여주세요."

"아니! 나 235 신어요."

그분이 어색하게 손사래를 치며 말했다.

"굽 좀 있는 걸로 보여주세요. 저렇게 납작한 거 말고."

"저짝 사람 같은데, 학생하고 많이 닮았네."

주인아주머니는 그분을 저짝 사람이라고 했다.

나는 반짝거리는 작은 리본이 달린 검정 구두를 집었다. 굽도 7센티미터는 될 것 같다.

"신어보세요."

그분은 머뭇거렸다.

"사준다고 할 때 신어. 좋은 걸로 골랐네. 근데 둘이 무슨 사이야?"

주인아주머니가 묻자 그분이 당황한 얼굴로 얼른 구두를 신었다.

"꼭 맞네."

주인아주머니가 말했다. 그분이 신발을 벗었다.

"그냥 신고 가세요."

그분은 다시 신발을 신었다.

"아니, 무슨 사인데 이 양반이 이렇게 쩔쩔매?"

주인아주머니가 그분의 표정을 살피며 물었다.

"그냥……."

그분은 그냥이라고 했다.

"얼마예요?"

나는 서둘러 가격을 물었다.

"이만 오천 원인데 이만 삼천 원만 내."

나는 얼른 이만 오천 원을 주인아주머니 손에 쥐여주고 가게를 나왔다. 이천 원은 팁이다. 그런데 그분이 이천 원을 들고 나왔다. 낡은 꽃분홍색 단화까지 들고.

"가지고 가."

그분이 내 손에 이천 원을 쥐여주었다. 나는 그분 손에 반찬통을 쥐여주었다.

"고마워……."

그분 턱이 파르르 떨렸다. 턱까지 흘러내린 눈물이 덜렁거렸다.

"음식이 좀 짜요. 저 그렇게 짜게 안 먹어요."

그분이 활짝 웃었다. 그분은 울면서 웃는 능력이 있다.

아버지가 짜게 먹는 걸 기억하고 나까지 짜게 먹는 줄 알았을 것이다. 그런데 아버지는 아직 그분의 음식을 먹지 못했다. 대신 똥주가 먹었다. 아버지와 뚝 떨어져 있는 그분의 거리. 그 거리 속에 존재하는 나. 지금 이곳이 내 자리인 모양이다. 나는 그분이 버스에 올라타는 걸 보고 체육관으로 달려갔다.

"관비요."

나는 봉투를 사무실 책상에 휙 놓고 줄넘기가 있는 곳으로 달려갔다.

정말 열심히 이단 뛰기 줄넘기를 하고 있는데 관장님이 다가왔다.

"이번 관비는 왜 모자라. 외상 장부에 달아놓는다."

"네."

그럼 어떡해요. 내 주변 사람들은 하나같이 내가 먹여 살려야 하는데. 벼룩의 간을 떼어먹어도 유분수지. 어쩌면 그렇게 다들……. 신문을 더 돌렸으면 좋겠는데.

"줄넘기 끝나면 미트 좀 대주세요."

"외상 깔아놓고 힘준다. 너무 열심히 하지 마. 어차피 지러 가는 시합이야."

김샌다. 지러 가는 시합이라니.

목에 박힌 말

“방학 끝나면 곧 2학년인데, 그때 후회하지 말고 이번 방학 때 실컷 놀아라. 잘 노는 놈들이 뭐를 해도 잘해. 침이나 띡띡 뱉고 화장실에서 좆나게 담배 피워대는 놈들 말고. 이상!”

“감사합니다!”

부부북! 의자 긁는 소리를 내며 애들이 교실을 나갔다. 그 틈에 정윤하도 있었다. 나는 얼른 정윤하를 따라갔다.

“정윤하, 잠깐 말 좀 해.”

정윤하는 입술을 꽉 다물고 나를 보았다.

“너 인 서울 할 수 있어?”

“인 뭐?”

“서울에 있는 대학 갈 수 있냐고.”

“대학 안 갈 건데.”

“나는 갈 거거든. 꼭 서울 안에 있는 대학으로. 그러니까 나한테 말 걸지 마.”

얘가 기말시험에서 1등을 놓치더니 머리가 어떻게 됐나.

“대학 안 가면 사람도 아니냐? 사람 무시하지 마!”

정윤하는 휙 돌아서서 다가왔다.

“웃겨. 무시는 네가 먼저 했잖아.”

“내가 언제?”

“언제? 언제!”

정윤하가 갑자기 소리쳤다. 복도를 지나가던 혁주가 우리를 번갈아 보았다.

“왜 복도에서 사랑싸움이야. 니들 사귀냐?”

“그래, 나 얘랑 사귄다, 새끼야.”

정윤하는 얼굴이 빨갛게 돼서 뛰어갔다.

“오우, 만날 혼자 폼 잡고 다니더니, 제법 난이도 있는 애랑 사귄다?”

혁주는 내 어깨를 툭 치며 말했다.

"아, 찐한 만화 속 내 연인, 완득이와 함께 사라지다."

혁주는 옆으로 쓰러질 것 같은 폼으로 달려갔다. 어우, 저 똘아이 새끼. 나는 얼른 정윤하를 따랐다.

"야! 내가 언제 널 무시했어?"

"사람 진지하게 불러서 겨우 유치장이나 데려가고. 자기 할 일 다 끝나니까 가라고? 기가 막혀서."

"그게 언제 적 일인데 그래?"

"언제 적이든 이젠 상관없으니까, 됐어."

정윤하는 휙 돌아서서 달려갔다. 달리기도 못하는 주제에.

나는 냅다 달려서 정윤하 앞에 섰다.

"나는 안 됐어!"

정윤하는 나를 째려보았다.

"안 됐으면?"

"교회, 전도사님 바뀌었어. 교회 가자."

"너나 실컷 다녀!"

정윤하는 또 달렸다. 뒤뚱뒤뚱. 재 우리 체육관에서 운동 좀 해야겠다.

"거기 좋은 데야! 이따가 6시에 보자! 꼭 보자!"

운동하는 내내 정윤하가 신경 쓰였다. 조금 있으면 대회인데 골치 아프다. 할 말도 없는데 괜히 나오라고 했나…….
안 왔으면 어쩌지. 걔는 버스 타고 와야 하는데.

에라 모르겠다. 왔거나 말거나. 나는 교회 문을 열고 안으로 들어갔다.

정윤하는 벌써 와서 제일 앞자리에 앉아 있었다. 폼을 보아하니 기도를 하는 것 같았다. 혹시 재가…… 나를? 나는 정윤하 옆에 털썩 앉았다.

"왔네."

"전도사님 바뀌었다며."

"근데, 여기 사이비야."

"좋은 데라며?"

"너랑 있기 좋은 데지."

내가 말해놓고 내가 깜짝 놀랐다. 뭐 이런 낯간지러운 말을. 흠.

"어머, 깬다. 너도 그런 말 할 줄 아니?"

정윤하 얼굴이 빨갛게 변했다.

"여기 난방도 안 되는데, 나가자."

"어디 가게?"

"우리 체육관. 난로 있어서 따뜻해."

나는 자리에서 일어났다.

"형제님들은 왜 남의 교회에서 연애질을 하고 계십니까?"

똥주였다. 여전히 성경책을 들고.

"선생님이 여기 무슨 일로……."

정윤하가 놀란 눈을 했다.

"나 방학 동안만 여기 전도사로 있기로 했다."

"뭐요?"

"뭘 놀래, 형제님 새끼야. 전도사 첨 봐?"

당신 같은 전도사는 처음 봅니다. 나는 삐딱하게 걸린 예수님 그림을 보았다. 뜬금없이 똥주가 전도사라니. 도대체 이 교회 정체가 뭐야?

"여기 교회 맞아요?"

"맞지, 새끼야. 십자가 안 보여? 그리고 여기 성경책."

"아니, 무슨 교회가……."

"나가, 새끼야, 오늘 중요한 회의 있어. 얼른 가. 문 잠가야 돼."

우리는 얼떨결에 똥주한테 밀려 교회를 나왔다.

똥주가 문에 얼굴을 삐죽 내밀고 소리쳤다.

"윤하야, 너 왜 저런 새끼랑 다녀? 차라리 혁주랑 다녀라!"

내가 저런 교회를 믿고 기도한 게 잘못이다. 에라이, 퉤! 퉤! 퉤!

"가자."

정윤하가 킥킥대며 따라왔다.

"누구냐?"

관장님은 1킬로그램밖에 안 되는 아령을 끙끙대며 들고 있는 정윤하를 보며 말했다.

"우리 반 애요."

"근데 여긴 왜 왔대?"

"다이어트한대요."

나는 펀칭볼을 치며 말했다. 폼 나게 쳐야 되는데 관장님이 자꾸 말을 시켜서 몇 번 놓쳤다.

"여기가 무슨 헬스클럽이냐?"

"나가라고 하세요, 그럼."

"녀석……."

관장님은 내 머리를 툭 치고 사무실로 들어갔다.

"어? 저 누나 누구야?"

학교 짱이 되겠다며 근육만 열심히 키우고 있는 세혁이와 수종이가 체육관에 들어왔다. 정윤하를 본 세혁이 눈빛이 남다르다.

"누나 누구세요? 여기 다닐 거예요?"

"나, 완득이 친구. 그냥 놀러 왔어."

"우웩! 뭐 저런 형이랑 친구예요? 설마 여자친구는 아니죠?"

정윤하가 피식 웃었다. 뭐야, 저 웃음은. 괜히 데려왔다.

"가자, 정윤하. 관장님, 저, 얘 바래다주고 올게요."

정윤하가 따라 나왔다.

"누나! 또 오세요! 맛있는 거 사서!"

나는 두 녀석을 확 째려보았다.

두 녀석 모두 갑자기 아령을 들고 운동하기 시작했다.

"나 여기 또 와도 돼?"

"네가 왜 와."

"아까 걔네가 오라잖아."

"오지 마. 질 나쁜 새끼들이야."

라고 집에 돌려보냈는데, 정윤하는 간식거리를 사서 방학 내내 왔다.

똥주는 거의 교회에서 살다시피 했다. 그리고 점점 외국인 노동자들도 많아졌다.

"아버지가 싫어하는 일을 왜 자꾸 하세요?"

"넌 아버님이 하지 말라는 킥복싱은 왜 자꾸 하는데?"

"난 아버지한테 피해는 안 주잖아요."

"나도 피해 안 줘."

"궁금한 게 있어요."

"뭔데."

"진짜 전도사 맞아요?"

"그냥 해본 말이지, 그걸 믿냐?"

"솔직히 말해보세요. 거기 교회 아니죠?"

"교회였어, 새끼야. 그 교회가 큰 데로 이사 가는 바람에 내가 사서 그렇지. 내 돈 다 쏟아 부어서 산 집이야."

그럼 그렇지. 역시 교회가 아니었다. 말로만 가난한 똥주가 돈 주고 산 교회, 아니 집이었다. 그런데 십자가를 떡 세워놓은 건 외국인 노동자들을 편하게 쉬게 하려고 그런 거란다. 동네가 후져도 외국인 노동자들이 모이는 건 사람들이 싫어한단다. 그나마 교회라고 해야 항의가 없다나. 그 십자가 달린 집은 교회를 가장한 외국인 노동자 모임장소였다.

"2월에 대회 있지?"

"네."

"어머니가 반찬은 잘 챙겨주시고?"

"네."

"먼 데서 해 오시는 건데, 남기지 말고 먹어라."

자기가 다 먹어치우면서 남길 거나 있나.

"선생님 아버지, 많이 늙으셨던데 좀 잘하지 그래요."

"너나 잘해, 새끼야. 그리고 지난번 갈비 너무 질겼어. 어머님한테 정육점 바꾸라고 해라. 나 들어간다."

똥주는 집으로 들어갔다. 날씨 한번 더럽게 춥다.

매니저가 생겼다. 나는 그러라고 한 적 없는데 어느 날부터 정윤하가 매니저라고 하고 다닌다. 힘도 없는 게 킥 미트를 대주겠다고 얼쩡거리는데 기도 안 찬다.

"너 내가 한 방 차면 날아가. 저리 비켜."

"무릎을 쭉 펴고 차란 말이야."

가지가지 한다. 나는 무릎을 쭉 뻗고 킥을 날렸다. 정윤하가 날아갈까 봐 힘껏 찰 수도 없었다.

"장난해? 발차기가 왜 이래? 대회 얼마 안 남았어!"

하—. 이번에는 힘껏 날렸다.

"우왁!"

정윤하가 비틀거리면서 뒤로 확 밀려났다.

"내려가."

"생각보다 어렵네."

정윤하는 팔목이 아픈지 팔을 흔들며 링을 내려갔다.

관장님이 킬킬대며 올라왔다.

"녀석아, 여자를 그렇게 차면 되냐."

"까불잖아요."

"멋대가리라고는 하나도 없어. 오랜만에 몸 좀 풀자. 윤하, 심판 좀 봐라."

세혁이는 내 쪽으로, 수종이는 관장님 쪽으로 섰다. 지들이 코치를 하겠다는 거다. 정윤하는 다시 링 위로 올라왔다. 그러더니 어서 본 건 있어서 머리끝부터 발끝까지 검사를 했다.

"시작!"

정윤하는 재빨리 카운트를 하고 뒤로 물러섰다.

관장님 몸이 상당히 빨랐다. 연달아 들어오는 잽에 가드도 무용지물이었다. 겨우 어퍼컷이나 훅을 날려도 허공에서 원만 그릴 뿐 관장님을 가격할 수 없었다. 안면 복부 정강이 할 것 없이 공격이 들어왔다. 빽더킹으로 물러난 뒤 킥을 하려고 해도 어김없이 관장님의 잽이나 킥이 먼저였다. 좋다, 굵은 한 방이다. 기회는 반드시 온다. 나는 계속 링을 돌았다.

"우—우."

수종이가 수건을 흔들며 야유했다. 상관없다. 킥만 제대로 성공하면 저 소리는 금세 사라질 테니까.

왔다! 내 페인트 모션에 관장님이 주춤했다. 나는 디딤 발이 흔들리지 않게 엄지발가락에 체중을 실었다. 무릎에 회전을 가해 복부에 쑤셔 넣기만 하면 게임 끝이다. 그런데 내 무릎이 회전하기도 전에 관장님이 회전했다. 내 킥은 허공을 걷어찼고 그 바람에 디딤 발이 휘청했다. 그리고 관장님의 로우 킥이 들어왔다. 360도 회전 로우 킥이다. 허벅지가 끊어질 것 같다. 나는 그대로 무릎을 꿇었다. 서둘러 일어서려는데 다리에 힘이 실리지 않았다. 허벅지를 맞고 숨통이 막히기는 처음이다. 그때, 내 얼굴 앞으로 하얀 수건이 떨어졌다. 정윤하다. 지가 왜 수건을 던지고 난리야.

"괜찮아?"

"놔!"

안 괜찮고 쪽팔리다. 그리고 열받는다. 능구렁이 관장님은 도대체 언제 수련을 했기에 이렇게 강한 로우 킥이 가능한지. 나는 엎드린 채 이마를 바닥에 박았다.

"잘했어. 너 이긴 거야."

관장님이 글러브를 벗으며 말했다. 어이가 없다.

"지러 가는 시합이니까, 미리 지는 연습 한번 한 거야. 그러니까 넌 이긴 거고."

관장님은 껄껄 웃으며 링 아래로 내려갔다.

똥주네 집인지 교회인지 가서 관장님을 위해 기도하는 날이 곧 올 것 같다. 나는 이번 대회에서 반드시 이긴다.

"네가 공격할 부위만 보지 말고, 상대방 움직임을 봐. 들어가는 것보다, 들어오는 거 받아치는 게 더 강한 거야. 가서 복근 단련이나 해."

관장님은 슬리퍼를 질질 끌고 사무실로 들어갔다.

나는 잠시 쉬었다가 윗몸일으키기 복싱 벤치에 누웠다.

"벌써 운동해? 좀 쉬었다가 해."

정윤하는 내 옆에 쪼그리고 앉았다.

"쉬었어."

"너 얼굴이 아직도 창백해. 혈액순환이 안되는 것 같아."

"잘돼."

나는 바에 발을 걸고 윗몸일으키기를 시작했다. 몸을 일으키면서 앞에 달린 펀칭볼에 잽을 날렸다. 심하게 낡은 체육관에 어울리지 않는 이 최신식 운동기구는 똥주가 기부한 것이다. 왜 기부했는지는 모른다. 하여간 이거 덕분에 관장님이 밀린 체육관비에 대해 더 이상 말하지 않았다. 몸을 일으킬 때마다 허벅지가 심하게 아팠다.

"허벅지 많이 아프니? 보기엔 별로 세게 찬 것 같지도 않던데."

"직접 맞아봐."

"……."

스물둘, 스물셋, 스물넷……. 아무래도 허벅지가 불편하다.

"장어를 먹어야 되는데."

"뭐?"

"신문에 났더라. 이승엽 선수는 그거 먹는다고."

"내가 야구 선수냐?"

1등이라는 애가 야구하고 킥복싱도 구별 못 하다니.

"어차피 운동선수들이니까 몸에 좋은 건 다 똑같겠지."

야구방망이 들고 링에 올라갈 일 있나. 서른셋, 서른넷.

"자꾸 엉덩이가 매트에서 떨어지잖아."

입으로만 운동하는 정윤하 때문에 머리 아파 죽겠다. 나는 복싱 벤치에서 일어났다.

"뭐야, 운동선수가 겨우 서른다섯 개밖에 못 해?"

"못 해."

"너 아까 맞은 데 되게 아픈가 보다."

"아퍼, 아퍼, 아퍼! 아유, 잔소리……. 집중 좀 하자. 집중 좀!"

나는 정윤하 어깨에 둘러져 있는 수건을 휙 빼서 땀을 닦았다. 오늘 운동하기는 다 틀렸다.

"관장님, 저 가요!"

나는 체육관을 나왔다.

"저도 가요!"

정윤하도 얼른 따라 나왔다.

"너, 서울대인지, 인 서울댄지 간다며, 만날 여기 와도 되냐?"

"걱정 마. 다 알아서 해."

정윤하가 대학을 가든 안 가든 나하고 상관없는 일이다. 그런데 체육관을 들락거려 대학에 떨어졌다는 말을 들으면 찝찝할 것 같다. 1월 저녁 바람이 차다. 쭈욱 뻗은 개천을 타고 스피드를 얻은 바람은 빠르고 날카롭다. 이 바람을 맞으며 하루도 쉬지 않고 체육관을 오는 정윤하, 싫지 않다. 미안해야 하나. 솔직히 미안하지도 않다. 안 와도 내가 싫어해야 할 이유는 없다. 그런데 안 오면 싫을 것 같다. 정윤하 코가 빨갛다. 나는 어깨에 두른 수건을 정윤하 목에 둘러주고 콱! 조였다.

"아! 뭐니, 이 수건은."

"목도리. 버스 온다, 빨리 뛰어가라."

"집에 가서 허벅지 찜질하고 섀도복싱 해."

주워들은 건 참 많다. 정윤하가 뒤뚱뒤뚱 달리는 폼을 보면 운동은 역시 입으로 하는 게 아니라는 걸 뼈저리게 느낀다. 나는 정윤하가 버스에 올라타는 걸 보고 가볍게 섀도복싱을 하며 개천을 따라 올라갔다. 사실 길에서 섀도 하는 거 정말 별로다. 나도 낯간지럽고 지나가며 보는 사람들 표정도 별로다. 꼭 운동한 지 얼마 안 되는 것들이 한 번씩 재보는 폼 같다. 그런데도 한다. 정윤하가 버스 뒷자리에서 보고 있으니까.

아버지 티코가 골목에 서 있었다. 오늘 온다는 말 없었는데……. 그리고 그분 온다고 했는데. 나는 조심스럽게 계단을 올랐다.

"와, 와, 완득, 완득아……."

삼촌이 유독 더듬거렸다.

이 추운 날 옥상에 나와 있는 걸 보니 예상했던 일이 벌어진 것 같다.

"온다는 말 없었잖아요."

삼촌은 꼭 닫힌 문을 계속 기웃거렸다.

"여, 여자 왔어."

"삼촌은 왜 나와 있어요?"

"모, 모, 모르는 사람……."

"들어가요, 추운데."

나는 안으로 들어갔다. 점퍼도 안 입고 나온 삼촌이 팔뚝을 몸에 비비며 따라 들어왔다.

"아무리 가난해도 자랑스러운 남편이었으면 했어요."

그분의 목소리가 방에서 흘러나왔다. 선뜻 문을 열 수 없었다.

"그래서 보내줬잖아."

"내가 떠났어요."

"그래, 떠났지."

"이상한 춤이나 추면서 남한테 무시당하며 사는 당신을 이해할 수 없었어요."

"다들 이해 못 해. 안 하려고 하는 건지도 모르지."

"완득이한테는 미안했지만, 당신한텐 미안하지 않았어요."

"나도 그래."

"더 빨리 완득이를 찾으려고 했지만, 당신이 집하고 직장을 바꾸는 바람에 그렇게 못 했어요. 나는 당신이 연락처는 남길 줄 알았는데……."

"찾긴 뭘 찾아, 혼자 속 편하게 살지. 다른 사람들이 당신한테 함부로 대하는 거 나도 싫었어."

"아직도 모르겠어요? 나는 다른 사람들이 아니라, 당신 때문에 떠났다고요! 이 여자 저 여자 아무나 손잡고 춤추고, 아무나 당신을 만지고……."

"그래서 핏덩이 같은 아들을 두고 떠났나?"

"말도 안 통하는 이방인 엄마보다 한국인 아빠가 나을 거라고 생각했어요."

"그런데 지금은 왜 자꾸 나타나는 거야?"

"아들 있는 곳을 알았으니까요."

"낳아놓기만 하면 다 엄만가?"

"당신도 제대로 키운 거 같지 않은데요."

"뭐야?"

"완득이한테 친구가 없다는 거 알아요? 애가 만날 혼자 살았다면서요? 가끔 와서 용돈 주고 쌀독 채워놓으면 다예요? 어린애가 혼자 밥 먹고 설거지하고 빨래하고. 그럴 줄 알았으면 당신이 싫었어도 끝까지 옆에 있었을 거라고요!"

"……."

"완득이 운동하게 놔두세요."

"완득이마저 세상 뒤에 숨어 살게 할 생각 없어."

"여태 세상 뒤에 숨어 있던 완득이가, 운동하면서 밖으로 나오고 있잖아요. 자기가 하고 싶은 거, 제일 잘할 수 있는 거, 하게 놔두세요."

"……."

"싫어도 싫다는 말 못 하고, 아파도 아프다는 말 못 한대요. 아니, 안 한대요. 그냥 다 속에 담고 산다는 거예요. 누가 먼저 말을 걸지 않으면 하루 종일 한마디도 안 한대요."

"누가 그래?"

"선생님이요."

"그 양반 오지랖도 넓군."

"말을 좀 험하게 해서 그렇지, 정은 많은 분이에요."

"혼자 힘들게 키워놨더니 생색은 다른 사람들이 다 내는군."

"생색이 아니라 당신이 보지 못한 걸 말해주는 것뿐이에요."

방문을 두드렸다. 밖에서 더 들을 필요가 없었다.

"저 왔어요."

"들어와라."

아버지의 대답을 듣고 나는 방문을 열었다.

"오셨어요."

나는 그분과 아버지를 빠르게 번갈아 보며 말했다. 누구한테 한 인사이건 상관없다. 둘 다 온 사람들이니까. 삼촌도 어색하게 웃으며 방으로 들어왔다. 그리고 아버지 옆에 앉았다. 나는 그분 옆에 앉아야 하나. 어색함이 좁은 방을 더 좁게 만들었다. 나는 문 바로 앞에 앉았다. 앉을 자리 때문에 머리를 써야 한다니. 이런 건 딱 질색이다.

"밥은……."

그분이 나를 보며 물었다.

"안 먹었어요."

그분이 벌떡 일어났다.

"지금 배 안 고파요."

"그래도 운동하고 왔는데……."

"좀 쉬었다 차려 먹을게요."

"쉬고 있어. 얼른 저녁 할게."

"한국에 밥하러 오셨어요?"

나도 모르게 그런 말이 나왔다. 말없이 조용했던 방에 아버지 헛기침 소리가 울렸다. 내 말보다 헛기침 소리가 방 안을 더 어색하게 만들었다.

"밥이라도 마음 놓고 먹고 싶었어……."

그분이 웃으며 말했다. 가끔은 울음보다 웃음이 더 가슴 저릿할 때가 있다. 아버지 춤에 웃는 사람들. 그 웃음에 웃음으로 대꾸해주던 아버지. 아버지와 별반 다를 게 없던 삼촌……. 그리고 지금 그분의 저 웃음이 그렇다.

"시장 다녀올게요."

그분이 방을 나갔다.

"같이 다녀와라. 길도 잘 모르는데."

"네."

그분과 두 번째 시장 길이다. 혼자 가도 된다고, 집에서 기다리라고 한사코 말리는 걸 기어이 따라나섰다. 집에서 아버지와 나눌 대화가 그다지 유쾌하지 않을 것 같아서였다. 해가 사라진 저녁 개천 길은 정말 춥다. 보도블록에서 올라온 찬 기운에 발이 시렸다. 휙휙 지나가는 자동차에 밀려 나온 바람은 주머니에 넣은 손마저 얼릴 만큼 차가웠다.

"여자친구 있다면서?"

완득이네 통신원 똥주의 활약이다.

"저도 식당에서 일해봤어요. 숯불 나르는 거였지만."

"공부도 잘하고 예쁜 학생이라고."

"일이 힘들지는 않으세요?"

"잘해줘. 여자들은 작은 일에도 상처를 많이 받으니까."

"한 달에 두 번 쉬면, 너무 힘든 거 아니에요?"

쌍꺼풀이 짙은 그분 옆 눈에 여러 갈래의 주름이 생겼다. 웃을 때마다 더 깊어진다.

"저기 정육점에서 폐닭 파네."

그분이 폐닭이라고 한 닭은 살 만큼 살다가 늙어 죽은 닭을 말하는 거였다. 나는 저 닭이 얼마나 질긴지 '고무 모형 닭'이라고 부른다. 먹어본 사람이라면 내 말에 백 퍼센트 공감하리라 믿는다. 그분은 시장통에 있는 정육점으로 들어갔다.

"어서 오세요."

"폐닭 얼마예요?"

"세 마리 오천 원이요."

"그거하고 돼지고기 목살 좀 주세요."

"닭은 어떻게 해드릴까?"

"백숙할 거니까, 그냥 주세요."

엄청나게 큰 닭 세 마리를 누가 다 먹으라고. 그냥 제대로 된 닭이나 한 마리 살 것이지, 저 고무 모형 닭은 왜 저렇게 잔뜩 사는지. 저러는 건 아버지와 똑같다. 벌이도 변변찮은

데 싼 고기라도 듬뿍 먹이고 싶어서였을까. 그렇다 하더라도 저 고무 모형 닭 정말 싫다. 우리는 정육점을 나왔다.

"닭, 이렇게 많이 필요 없잖아요. 그냥 보통 닭으로……."

"싸서 산 거 아니야. 아버지가 이 닭을 좋아하셔. 몰랐니?"

이런. 아버지가 그렇게 힘들게 뜯어 먹으면서도 맛있다고 한 게 정말이었군. 나중에 돈 벌면 연하고 맛 좋은 닭을 사주겠다 했던 내 다짐은 뭐였던가. 그럼 그동안 해왔던 질긴 갈비도? 도대체 그분의 마음을 알 수가 없다. 이제 보니 반찬 도시락 주인도 어째 내가 아닌 거 같다. 미워서 떠나놓고…….

제육볶음과 삼계탕, 여러 가지 밑반찬으로 밥상이 차려졌다. 이렇게 많은 반찬을 차리고 먹은 적이 없어 똥주에게 밥상을 빌려야 했다. 그리고 똥주도 저녁식사를 함께했다. 똥주 앞에 닭 반 마리가 든 삼계탕이 놓였다.

"넉넉하게 했으니까, 많이 드세요."

그분이 수줍게 웃으며 말했다.

"안 그래도 찬바람 불어서 따끈한 국물이 생각났는데."

똥주는 정말 보기 드문 철면피다. 나는 나무젓가락을 잘랐다. 이렇게 많은 사람이 함께 밥을 먹어본 적이 없어서 젓가락이 모자랐다.

"완득아, 앞집 양반 좀 오라고 해라. 괜찮죠?"

똥주는 아버지를 보며 말했다. 남의 음식으로 자기가 생색낼 모양이다. 아버지도 좋다는 표정이다. 나는 앞집 아저씨를 불러와야 했다.

안 올 거라는 예상을 깨고 앞집 아저씨는 머쓱한 표정으로 우리 집에 왔다.

"어서 앉아요. 저녁 먹읍시다."

한눈에 봐도 앞집 아저씨가 더 나이 들어 보이는데 똥주는 동년배 대하듯 했다.

"거, 뭐, 나는 아까 저녁을 하긴 했는데, 그, 이웃 간의 성의가 또……."

"그동안 우리 애 때문에 고생 많으셨지요."

아버지가 술잔을 내밀며 말했다.

"그것이, 댁의 애 때문이 아니라, 저기, 사회 선생…… 그러니까 저 양반이 하도 소리를 질러대 놔서, 음."

앞집 아저씨는 똥주를 흘긋 보며 말했다. 역시 모든 시작과 끝은 똥주다.

"어허, 이 양반, 드십시다. 음식 앞에 두고 댁 기다리느라 여태 굶었소이다."

"그럽시다."

드디어 삼계탕을 먹기 시작했다. 나와 삼촌과 그분과 아버지는 폐닭에 익숙했다. 그런데 똥주와 앞집 아저씨는 그렇지 않은가 보다.

"이런 씨불, 뭐야 이거, 이게 고기여 타이어여? 니들, 나 골탕 먹이려고 불렀지?"

앞집 아저씨가 먼저였다. 그다음이 똥주였다.

"아니, 무슨 고기가 씹을수록 더 질겨. 이 고기 정체가 뭐예요?"

"폐닭입니다. 노계요. 씹는 맛도 좋고 씹을수록 고소합니다."

아버지가 능숙하게 살점을 뚝 떼어내며 말했다.

"니미, 육이오 동란 때도 안 먹던 고기를 여기서 먹네."

앞집 아저씨 표정이 우리한테 당했다는 표정이다. 아차 싶으면 우리가 먹고 있는 고기가 같은 것인지 확인해보겠다는 듯이 다른 삼계탕을 두리번거렸다. 어쨌거나 음식이었다. 모두들 고무 모형 닭을 뜯느라 대화는 일단 보류였다.

"많으니까 더 드시고 싶으시면 말씀하세요."

그분은 정말 눈치가 없었다.

"이거 뜯다 이빨 빠지면, 해주시는 겁니까?"

똥주다. 그 말에 앞집 아저씨가 그 고기가 그 고기라는 걸 확신한 모양이다. 앞에 놓인 소주잔을 들어 아버지에게 내밀었다.

"이웃지간인데 통성명이나 좀 합시다."

"이제 오십 줄 된 도정복입니다."

"나보다 아래고만, 나는 쉰다섯 채웠수다. 박두식이요."

"완득이 아버님보다 형님이네."

중간에 똥주가 끼어들었다.

"선생 양반. 자꾸 생선토막처럼 말 뚝뚝 끊어 하는데, 댁은 올해 몇이요?"

"나? 나도 먹을 만큼 먹었소이다. 고기가 질겨."

똥주는 고무 닭 뜯기에 열중했다.

"이런 씨불, 아, 그러니까 먹을 만큼이 얼마만큼이냐고."

"나도 좀 있으면 오십 된다니까."

"어서 사기를 쳐. 많이 쳐줘봐야 마흔 중반이고만!"

"이 양반아, 내가 그 나이 때는, 서울에서 올림픽을 했네!"

"그려? 내가 그 나이 때는 유관순이가 대한독립을 외쳤어!"

"아이구 예예, 형님 제 술 한잔 받으쇼!"

"싸가지 없기는, 자꾸 말 톡톡 짜를터?"

"술 안 받어!"

"으이구, 드러워서 받는다."

이렇게 유치한 사십 대, 오십 대의 싸움은 끝이 났다.

"그런데, 겉은 제일 멀쩡해 보이는 이 양반은 왜 꿀 먹은 벙어리마냥……."

술잔을 비운 앞집 아저씨가 삼촌을 보며 말했다.

"나, 나, 남밍굽니다."

"난닝구?"

"아뇨, 남민구 씨요. 제 삼촌이에요."

나는 얼른 삼촌 이름을 다시 말했다.

"그럼 이분은……."

그분을 두고 한 말이다. 아무도 대답하지 않았다. 이럴 때는 똥주가 나설 만도 한데 이번에는 나서지 않았다. 척 봐도 한국 사람은 아니고, 이런 집에서 가사 도우미를 둘 리 없으니 앞집 아저씨는 그분이 꽤 궁금한 모양이었다.

"제…… 어머니십니다."

목에 콱 박혀서 나오지 않는 말을 가래 뱉듯이 힘들게 했다. 막힌 가래를 뱉으면 이렇게 시원하다. 그분이, 아니 어머니가 갑자기 고기를 먹기 시작했다.

"완득이가 어머니를 닮아 인물이 좋구만. 근데 저쪽 사람 같어?"

언젠가 신발 가게 아주머니도 저쪽 사람이라고 했다. 사람들은 왜 동남아 지역에서 온 사람들에게는 저쪽이라는 표현을 쓸까.

"베트남에서 오셨어요."

"그랬구만. 근데 아줌마, 베트남에서는 이런 고기 드슈? 당최 씹을 수가 없어."

어머니가 말없이 고개를 저었다.

"아버지가 이 고기만 드세요."

"이봐 동생. 아무리 먹고살기 힘들어도, 이딴 닭 먹지 마. 고까짓 닭 얼마나 한다고. 내일 해 뜨면 좋은 닭 몇 마리 사 줘?"

앞집 아저씨도 저 오해 풀려면 한참 걸릴 것이다. 나도 아버지가 싼 가격 때문에 이 닭을 선택한 게 아니라는 걸, 이 질긴 고무 닭을 진짜로 좋아해서 먹었다는 걸 고1이 돼서 알았으니까.

어머니는 간단한 술자리를 마련해놓고 성남으로 돌아갔다.

잠결에 폭포처럼 쏟아지는 앞집 아저씨의 씨불놈 시리즈

를 들었고, 끝까지 나이를 바득바득 우기는 똥주의 괴상한 변을 들으며 잠이 들었다.

T. K. O. 레퍼리 스톱

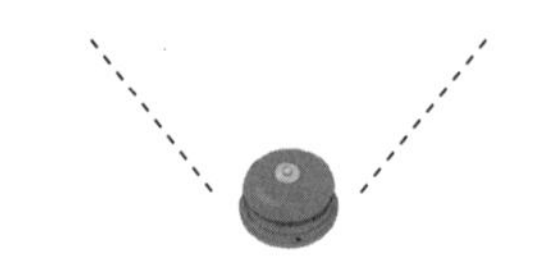

교회 아니라는 거 아는데 자꾸 오게 된다. 어쩐지 기도해도 안 들어주고, 똥주가 교회를 다니는 것부터 이상했다. 거룩하시고 전능하신 하나님이 딴 동네로 이사 가셨다니, 원. 똥주가 내 자존심을 하도 바득바득 긁어서, 그렇다고 애들처럼 팰 수도 없어서, 종교의 힘이라도 빌려보려 했는데 말짱 도루묵 됐다. 이제 와서 또 죽여달라고 할 생각 없다. 딴 동네로 이사 간 하나님 찾아 그곳까지 갈 수도 없다. 좀 띨해서 그렇지 똥주가 썩 나쁜 사람 같지는 않다. 그냥 뭐 그렇다. 어머니가 왔다. 같이 사는 건 아니지만 아버지와 나,

그분이 한방에 앉았다. 아버지와 싸우는 걸 보니 생각보다 성깔 있고 말도 잘했다. 나쁘지 않다.

"새끼가 생각보다 믿음이 좋아."

똥주였다. 나타날 줄 알았고 뜬금없는 소리도 할 줄 알았다. 이 집 터가 그렇다.

"무슨 믿음이요, 여기 교회도 아니면서."

"교회다 싶으면 교횐 거지, 교회가 뭐 특별한 데라도 되는 줄 아냐?"

"그럼 여기 하나님 있어요?"

"무식한 새끼. 하나님이 교회에 있냐?"

"그럼 어딨는데요……."

"어딨긴 어딨어, 저기 있지."

똥주는 손가락으로 하늘을 가리켰다.

"그럼 사람들이 교회에 왜 가는 건데요?"

"그런 건, 지하철에서 불신지옥 예수천국 외치는 양반한테 물어봐, 새끼야."

더 이상 말해봤자 본전도 못 찾을 게 뻔했다. 나는 밖으로 나왔다.

밖에서 외국인 노동자들이 쌓인 눈을 대충 치우고 발배구를 하고 있었다. 어머니가 이곳에 가끔 다녀가기 때문에 사람들은 이제 나를 보면 알은체한다.

"완득! 같이 배구해요!"

"체육관 가야 돼요. 죄송해요."

"완득! 파이팅!"

눈이 꽤 내렸다. 눈은 내리는데 엄마는 왜 안 오시나요, 하는 해님달님 오누이처럼 어렸을 때도 안 기다려본 어머니를 열일곱 살 먹은, 해가 바뀌었으니 열여덟 살 먹은 내가 기다린다. 어머니와 시장이라도 갈라 치면 우리를 보는 사람들 눈길이 영 별로다. 인터넷에 보면 인물 좋은 베트남 여자도 많던데 어머니는 안 그렇다. 앞니까지 심하게 벌어져 심히 촌스러운 얼굴이다. 이래저래 쪽팔린 상황이지만 어머니라는 말 은근히 마음에 든다. 한 달에 두 번 쉬는 식당이 어딨어. 빌어먹을 식당 주인.

"도완득 학생?"

"네."

체육관에 들어서자마자 잘 차려입은 아주머니가 나를 맞았다. 관장님 표정이 썩 좋지 않다. 뒤에 뻘쭘하게 서 있는 세혁이와 수종이도 마찬가지다.

"나가서 얘기 좀 해요."

"누구신데요?"

"나, 윤하 엄마예요."

아주머니는 곧장 체육관을 나갔다.

아주머니를 따라간 곳은 체육관 바로 옆 건물 쿠키 카페였다. 쿠키를 주는 카페는 아니고 그냥 이름만 쿠키다.

"윤하는 공부만 하던 애예요."

"……."

"아직 어려서 지금은 싸움 잘하고 반항하는 남자한테 끌릴 수 있어요."

"……."

"도와줘요."

"뭘요?"

"윤하하고 안 만났으면 좋겠는데."

"2학년 되면 반 갈라지겠죠, 뭐."

"학생. 그런 말이 아니잖아요."

"그럼 무슨 말씀인데요."

"전에 그 염준호라는 학생 전학시키느라, 우리 가족 맘고생 많았어요."

나는 준호가 자발적으로 전학 간 줄 알았다. 아줌마, 아줌마가 준호 전학시키는 바람에 정윤하가 왕따 된 건 아세요?

"윤하 순진한 애예요. 알죠? 윤하가 공부만 할 수 있도록 도와줘요."

아오, 하나님은 왜 딴 동네로 이사 가서는. 다른 교회라도 물색해봐야겠다.

"여기까지 찾아와서 미안하지만, 부탁해요."

"네."

나는 자리에서 일어났다. 더 이상 할 말도 없고 들어봤자 빤한 얘기다.

"담임선생님이 삼촌이라던데 맞아요?"

언제 적 뻥을 이제야 확인하는지.

"아닌데요. 우리 삼촌은 요즘, 지압용 구두창 팔고 다니는데요."

"……."

나는 쿠키 카페를 나왔다.

정윤하 엄마가 서둘러 따라 나와 내 팔뚝을 잡았다.

"학생. 꼭 부탁해요. 이성교제는 대학 간 뒤에……."

"저 그렇게 뚱뚱한 애, 별로예요. 우리 체육관 살 빼는 데 아니니까 오지 좀 말라고 하세요."

나는 체육관으로 확 들어와 버렸다. 다행히 정윤하 엄마는 따라오지 않았다.

"뭐라드냐?"

관장님이 물었다. 세혁이와 수종이도 관장님 뒤에 서 있었다.

"여기 오면 살 많이 빠지냐고요."

"장난치지 말고, 녀석아."

"진짜예요."

"그래서 뭐라고 했는데?"

"여기 살 빼는 데 아니니까 보내지 말라고 했어요."

"잘했다."

관장님은 사무실로 들어갔다.

"아이, 형! 살 좆나게 빠진다고 했어야지!"

"죽을래?"

정말 한마디만 더 하면 세혁이 오늘 죽었을지도 모른다.

스텝은 꼬이고 어깨에는 힘이 잔뜩 들어가 섀도복싱도 안됐다. 내가 언제 오라고 했냐고. 제 발로 오는 애를 내가 무슨 수로 막아. 대한민국에 널리고 널린 게 대학인데 왜 거길 못 들어가서 안달이야. 내가 대학 가지 말라고 했냐고. 인 서울대든 진짜 서울대든 가라고. 왜 나한테 와서…….

대회까지 이 주일 남았다. 정윤하가 체육관에 안 온 지는 일주일째다. 저 혼자 매니저니 뭐니 떠들고 다니더니 꼴좋다. 눈치껏 다녔어야지. 그렇게 대놓고 다니니 안 걸려? 그런 돌대가리가 어떻게 1등을 하는지 알 수 없다. 학교에서 만나기만 해봐라. 아유, 줄넘기라고 어디서 이딴 거밖에 없어. 나는 줄넘기를 구석에 확 던져버렸다.

"너 요즘 왜 그래?"

"제가 뭘요?"

"지러 가는 시합이라도 그렇지, 녀석아, 자세가 글러먹었잖아. 시합 포기할래?"

"포기를 왜 해요!"

"저래서 운동할 때는 여자를 멀리해야 돼. 으이구. 똑바로 해, 녀석아!"

"미트 대주세요."

"잠바 입고 나와."

"어디 가는데요?"

"시합 전에 제대로 붙으러."

"예?"

"빨리 나와, 성남에 있는 애하고 한판 붙자. 자신 없냐?"

"아뇨."

성남이라. 어머니가 살고 있는 곳이다. 멀지 않은 곳인데 그동안 가볼 생각을 못 했다. 못 했다기보다 내 발이 그쪽으로 떨어지지가 않았다. 어머니를 만나러 가는 건 아니지만 그래도 어머니가 있는 동네에 간다. 꼭 이긴다.

지하철을 타고 한 시간이나 걸려 성남 체육관에 도착했다.

낡은 건물은 비슷했지만 단련 기구며 마룻바닥부터가 달랐다. 회원 수도 상당히 많았다. 성남 관장님은 우리 관장님 제자라고 했다. 스승보다 잘나가는 제자다.

"어째 올 때마다 체육관에 빛이 나냐."

"요즘은 체육관에 돈 안 쓰면 회원 떨어져요."

"애들 몸 좀 풀어놨냐?"

"우리 애들이야 늘 풀려 있죠."

관장님과 관장님의 제자 정 관장님의 묘한 신경전이었다.

"도진아, 몸 좀 풀었냐?"

"예!"

덩치는 나와 비슷한데 키가 더 컸다. 상관없다.

"우리 애는 아직 몸 안 풀렸어. 완득아, 몸 좀 풀어라."

"네."

"김 사범, 얘 미트 좀 대줘."

"네."

관장님과 정 관장님은 한쪽 벽이 커다란 유리로 된 사무실로 들어갔다.

남의 체육관에서 몸을 푼다는 게 쉽지 않았다. 지켜보는 수십 개의 눈동자도 거슬렸다. 거기다 여자 회원도 꽤 많았다.

"뭘 그렇게 두리번거려. 원 투부터."

"네."

원 투, 원 투, 원 투, 원 투…….

"좋아, 원 투, 원 투 쓰리."

원 투, 원 투 쓰리, 원 투, 원 투 쓰리…….

"여, 좋은데. 더킹. 빽더킹부터."

나는 자세를 낮추고 빽더킹을 시도했다.

"아니 원 투 치고, 연결해서 다시."

원 투 빽, 원 투 빽, 원 투 빽…….

"뒤축 흔들린다. 다시 원 투 빽더킹."

원 투 빽, 원 투 빽, 원 투 빽, 원 투 빽…….

"좋아, 원 투 좌우 더킹."

원 투 좌우, 원 투 좌우, 원 투 좌우…….

"허리 좋네. 심호흡하고, 발차기 중단 먼저."

중단 상단 앞차기부터 돌려차기, 상단 옆차기로 이어졌다.

“축이 약간 흔들리기는 하는데, 허리도 좋고 스피드도 괜찮네. 너 운동한 지 얼마나 됐냐?”

“일 년 좀 안 됐습니다.”

“근데 제법이네. 붙어볼 만하겠어.”

우—우.

지켜보던 사람들이 작게 야유를 보냈다. 저것들을 그냥.

“어때, 몸 좀 풀렸냐?”

관장님이 정 관장님과 나오며 물었다.

“네.”

“올라가.”

나는 보호 장비를 착용하고 링 위로 올라갔다.

상대팀의 일방적인 응원이었다. 그런 거 별로 신경 쓰일 것 같지 않았는데 무척 신경 쓰였다. 상대가 나보다 키가 컸기 때문에 안면 가드에 더욱 신경 쓰며 공격해야 했다, 라고 말하고 싶지만, 빠르고 날카로운 공격에 1라운드 내내 링을 돌면서 가드 올리기에만 급급했다. 1라운드 3분은 지독하게 길었다.

“잘 버텼어. 이제 슬슬 공격해봐. 나가라.”

슬슬 공격이라니. 좋다, 공격이다.

종이 울리자마자 선제공격을 했다. 제법 잘 찍힌 어깨찍

기였다. 슬쩍슬쩍 웃음을 보였던 상대 얼굴에 웃음이 사라졌다. 해보는 거다. 훅도 깊이 먹혔다. 타이밍을 놓치면 안 된다. 페인트 모션에 속아서도 안 된다. 그때였다. 상대가 방어와 동시에 엄청나게 빠른 스텝으로 돌려차기를 시도했다. 방어하면서 교차 스텝이라니. 속았다……. 갑자기 링이 내 몸으로 달려드는 것 같았다. 호흡 조절조차 힘들었다. 배가 뜨겁다. 상대의 발이 살을 뚫고 내장까지 들어온 것 같다.

"스톱! 성남 TKO 승!"

테크니컬 녹아웃(technical knockout). T. K. O. 레퍼리 스톱이라니. 몇 초만 있으면 일어설 수 있는데 레퍼리가 경기를 중단시켜? 이런 좆같은 체육관을 봤나. 관장님이 서둘러 링 위로 올라왔다.

"괜찮냐? 그 몸으로 더 했다가는 진짜 대회에 못 나가."

"……."

괜찮아도 쪽팔리고 안 괜찮아도 쪽팔린 상황이었다.

"잘했다. 재, 고등부 챔피언이야. 2라운드까지 가다니. 대단하네."

고등부 챔피언? 아오, 어쩐지…….

"괜찮아요?"

도진인지 고등부 챔피언인지가 다가왔다.

"네."

"수고하셨습니다."

그래, 너 실력 좋고 매너 짱이다. 초짜랑 붙어서 좋겠다. 나는 억지로 주먹을 내밀어 상대와 마주쳤다.

"이번 대회, 1차전은 충분할 거 같습니다."

"링만 잘 돌면 2차전까지는 괜찮겠는데, 뭘."

챔피언과 김 사범이 염장을 질렀다.

나는 쪽팔리게 관장님한테 기대어 링을 내려와야 했다.

"간다."

관장님이 정 관장님에게 말했다.

"식사하고 가세요."

"식사는 무슨."

"관장님, 저는 만나볼 사람이 있는데요."

나는 서둘러 말했다.

"누구? 아!"

관장님은 빨리 눈치채고 고개를 끄떡였다.

"오랜만에 제자가 사주는 술 좀 먹자."

"저 먼저 가겠습니다."

나는 정 관장님과 성남 체육관 사람들에게 인사를 하고 나왔다.

어머니를 만나려고 먼저 나온 건 아니다. 시합에 져놓고 관장님과 나란히 앉아 돌아가기 싫었다. 그냥 어머니 사는 곳에 왔으니 전화나 한번 하고 가려는 것뿐이다. 아직도 옆구리가 뻑적지근하다. 나는 공중전화를 찾았다.

"완득이니?"

놀란 목소리였다. 나한테 전화받은 적이 없었으니 놀랄 만도 하다.

"시합이 있었어요."

"오늘이었어?"

"아니요, 오늘은 그냥 연습용 시합이었어요."

"잘했어?"

"졌어요."

"다음에는 이기겠지. 어디니?"

"……집 올라가는 길이요."

"그래. 화요일 날 가려고."

"네."

"춥다, 얼른 올라가."

"네."

나는 전화를 끊었다. 그리고 정윤하에게 전화를 걸었다.

"지금 거신 번호는 고객님의 사정으로 연결할 수 없습니다."

무슨 사정? 참 나 원. 내가 뭘 어쨌다고. 만날 보던 애를 일주일 넘도록 못 보니 서운하다. 그놈의 대학. 그래, 똑똑한 니들이 다 해먹어라.

눈가가 찢기고 퉁퉁 부었다. 살짝 찢긴 거라 며칠 지나면 스크래치 수준이겠지만 오늘은 퉁퉁 부어 꽤 심하게 찢어진 것처럼 보였다. 언제 맞았는지도 모르게 맞았다. 가드 올리기에 급급했으니까. 잘 막지도 잘 치지도 못한 시합이었다. 기분 정말 별로다.

골목에 티코가 있었다. 이 얼굴로 아버지를 봐야 한다니.

"오늘 오신다는 말 없었잖아요."

"그렇게 됐다. 얼굴 많이 다쳤네."

"별거 아니에요."

나는 손으로 심하게 부은 왼쪽 눈을 가렸다.

"민구 갔다."

"어디로요?"

"춤판으로 갔지. 그놈은 거기가 어울려."

"삼촌 혼자 가도 되겠어요?"

"혼자 있어봐야지."

"장에는 이제 혼자 가시겠네요."

"그래야지."

"민구 삼촌을 그렇게 보내면……. 멀쩡한 사람도 아니고 정신지체 장애……."

장애라는 말에 아버지 어깨가 잠시 흔들렸다.

사람한테는 죽을 때까지 적응 안 되는 말이 있다. 들을수록 더 듣기 싫고 미치도록 적응 안 되는 말 말이다. 한두 번 들어본 말도 아닌데, 하고 쉽게 말하는 사람도 있다. 그런데 가슴을 치는 말은 한 번 두 번 세 번이 쌓여 뭉텅이로 가슴을 짓누른다.

"난쟁이다, 난쟁이!"

그냥 봐도 다 아는데 굳이 확인사살을 하는 사람들.

"얘 아버지는 난쟁인데, 이 새끼는 좆나게 잘 커요."

나를, 그냥 나로 보게 하기를 원천 봉쇄했던 양아치들.

"네 아버지 난쟁이라며?"

심심하고 마땅히 놀릴 거리가 없을 때 유용하게 써먹던 인간들.

나는 아버지를 숨기고 싶은 게 아니라, 굳이 꺼내 보이고 싶지 않은 거였다. 비장애인 아버지는 미리 말하지 않아도 아무도 상관하지 않는다. 그런데 장애인 아버지를 말하지 않으면 사람들이 상관하기 시작한다. 아버지를 숨긴 자식이라며 듣도 보도 못한 근본까지 들먹인다. 근본은 나 자신이 지키는 것이지 누가 지켜라 하는 것이 아니다. 그런데도 근본을 따지는 사람들이 있다. 좀 있어 보이게 비웃을 수 있으니까. 겉으로 드러난 몇 가지만 가지고 내 모든 것을 다 아는 것처럼 떠드는 똥주. 외국인 노동자를 부리는 집에서 태어나, 지금 외국인 노동자와 함께한다고 그 사람들을 다 아는 것처럼 행세하는 똥주. 이것이 바로 내가 똥주를 죽이고 싶었던 진짜 이유다. 나는 아버지에게도 나에게도 딱지가 앉지 않는, 늘 현재형이라 아물 수 없는 말을 하고 말았다.

"나도 내 몸이 싫었다. 이게 나한테서 끝나는 게 아니라 멀쩡한 너한테까지 꼬리표를 달아주더라. 부모가 도움은 못 돼도 피해는 주지 말아야 하는데, 내 아들이라고 하면 좋지 않은 말을 한 마디씩 해. 그래서 되도록이면 너하고 떨어져 있으려고 했다."

"혼자 있었어도 불편하지 않았어요."

"내가, 네 아버지라는 걸 다른 사람들은 모르길 바랐다. 그래서 너한테서 자꾸 숨었지. 그렇게 나를 숨겼던 게 오히려 너까지 숨어 살게 만든 것 같다."

"그러지 않았어요."

"선생님한테 얘기 들었다. 너, 너하고 관련 없는 일에는 지독하게 무심하다고."

하여간 똥주. 아니 그럼, 나하고 상관없는 일까지 신경 쓰고 살아야 하나.

"너 자신한테 이상한 막을 씌워놓고, 가끔 번개처럼 나왔다가 다시 들어가 버린다는 거야. 눈뜨면 학교 가고, 해 지면 다시 집에 와서 자고, 그렇게 움직이더래."

똥주가 나에 대해 관찰일기를 쓰고 있는 게 확실하다. 사실 그랬다. 모두들 아등바등 하루를 지내다가 결국 집으로 돌아가던데. 그리고 다음 날 똑같이 밥을 먹고 똑같은 일을 하고 다시 집으로 돌아가고. 그러다가 늙으면 죽고. 영원히 죽지 않을 거라면 모를까 인간은 반드시 죽는다. 죽으면 게임 끝이다. 제아무리 많은 걸 이루어놓고 죽는다 해도 그건 죽은 자의 몫이 아니다. 아직 살아 있는 자들의 몫이다. 동네 양아치든 대통령이든 죽으면 똑같다. 죽은 자는 산 자의 생활에 개입할 수 없다. 그거 아니라고 불쑥 살아 나오지도 않는다. 그러니 서로 피해 안 주고 조용히 살다 죽는 게 장땡이다.

"전에 색소폰 불던 영감 기억나냐? 너 꽤 예뻐했는데."

"환타지 카바레에 계셨던 분이요? 기억나죠. 돌아가셨잖아요."

"그분, 너 태어나기 전부터 알던 영감인데, 그 영감이 그러더라. 민구 온 다음부터 내가 살아 있는 것 같다고."

"……."

"민구, 나한테 되게 맞으면서 춤 배웠다. 이놈이 차차차만 계속 추는 거야. 근데 카바레라는 데가 저 추고 싶은 춤만 추는 데냐. 그놈 춤 가르쳐주다가 내 명에 못 죽지 했다."

"민구 삼촌 잘 추잖아요."

"못 춘다는 게 아니라, 다른 춤은 출 생각을 안 했다니까. 내가 민구한테 딱 붙어서 얼마나 쳤는지 몰라. 내 리듬이 민구한테 신나게 옮겨져야 출 것 같아서."

"네."

나는 민구 삼촌이 춤이라면 다 좋아하는 줄 알았다.

"그 영감이 그러더라. '도정복이 이제 좀 살아 있는 것 같네.' 내가 민구 춤 가르쳐줄 때가 제일 신나 보이더래. 민구가 하도 말 안 들어서 그렇게 소리를 지르면서 가르쳤는데……."

"저도 아버지가 항상 신나게 추는 줄 알았어요."

"내가 춤을 추면 사람들이 자꾸 웃어대니까, 신나지는 않왔다…….”

“…….”

“그 영감이 ‘네 몸땡이는 멀쩡한데, 네 정신 상태가 문제야.’ 했을 때는 처음으로 대들었다. 당신이 내 몸 같았으면 그렇게 말했겠냐고. 그랬더니 내가 숙소에서도 안 나오고, 남하고 어울리지도 않으니까 내 모습도 볼 수 없다고 혀를 차더라.”

“예?”

“너도 잘 모르겠지? 그 영감이 그렇게 말을 어렵게 한다니까. 끼리끼리 만난다고 하잖아. 친구를 보면 그 사람을 알 수 있다는 말도 있고. ‘친구도 없는 인간이, 제 모습이 어떤지 알기나 하겠어.’ 그러는데, 그때 좀 알겠더라.”

“아…….”

확 와닿지는 않았지만 그 의미는 알 것도 같았다.

“너, 친구 없다면서?”

“있어요…….”

“누구?”

“…….”

초등학교, 중학교, 고등학교…… 같은 반이었던 애들은 많은데, 이름을 댈 수 있는 애는 왜 없지? 처음에는 그 애들이 나를 피했던 것 같고, 나중에는 내가 피했던 것 같다. 기분 좀 그러네. 이름을 댈 수 있는 친구라. 혁주? 이 똘아이 새끼는 왜 갑자기 생각나는 거야.

"그 영감 덕에 민구 받아들이고, 다른 사람하고도 좀 어울렸다. 죽었는데 어떨 때는 살아 있는 사람처럼 목소리가 들려. 만날 나만 보면 '너 그렇게 살지 마.' 했는데, 지금도 가끔 그 목소리가 들린다니까. 산 사람이면 시끄럽다고 뭐라고나 하지. 죽은 영감이 내 속에 척 들어앉아서 자꾸 나를 혼낸다. 하하하."

"그런 게 어디 있어요."

"근데, 그런 게…… 있더라. 나 죽으면, 너도 나 원망할래?"

"아버지는 그 할아버지 원망해요?"

"가끔. 내 정곡을 얼마나 꾹꾹 찔렀나 몰라. 그래도 좋은 영감이었지."

"그럼 됐지 뭘요."

"완득아."

"네."

"우리 서로 인정하고 살자."

"뭘 인정해요?"

"너는 내 춤을 인정해주고, 나는 네 운동을 인정해주고. 우리 몸이 그것밖에는 못 하는 모양이다."

아버지는 더 이상 킥복싱을 반대하지 않겠다는 말을 이렇게 했다. 저 얘기를 하려고 죽은 영감까지 들먹이며 폼을 잡았나. 하긴 그렇게 반대를 했으니…….

"흠, 저 아버지 춤추는 거 별로 안 싫어했어요. 어렸을 때 삼촌 따라 자이브 추다가 아버지한테 맞아서 그랬지."

"춤춘다고 때렸냐? 하도 틀리니까 때렸지. 누굴 닮아서 그렇게 몸치냐?"

나는 안다. 내가 춤을 춰서 때렸다는 걸. 아버지는 자신의 몸도 춤도 내게 물려주기 싫어했다. 누가 나를 보며 웃는 것조차도.

"아버지 닮았나 보죠."

"하긴, 내가 춤 안 췄으면, 복싱 좀 했을 거다. 리듬감이라는 게 꼭 춤출 때만 필요한 게 아니야. 운동도 다 리듬감이 있어야 돼."

아버지가 똥주하고 너무 어울린 모양이다. 아버지한테 슬슬 똥주가 보이기 시작한다. 난감하다.

"녀석…… 다리 긴 것 좀 봐. 근사하게 컸네……."

아버지가 내 허벅지를 툭툭 쳤다. 근사하게 컸다는데 왜 가슴이 울렁거리는 거야. 아버지 눈이 갑자기 빨갛게 되는 바람에 괜히 나까지 눈이 아팠다.

지난봄, 똥주를 만났다. 그리고 똥주가 죽이고 싶을 만큼 싫었다. 그때 즈음 나는 킥복싱을 시작했다. 킥복싱은 미치도록 좋았다. 싫다와 좋다가 한꺼번에 내게 왔다. 싫어하는 사람을 하나님한테 고자질하러 교회를 찾았고, 좋아하는 운동을 하기 위해 체육관을 찾았다. 내 말을 들어줄 사람이 없어, 누구와 대화해본 적이 없어 혼자 떠들 수 있는 교회를 찾았다. 내 몸을 언제 어떻게 움직여야 할지 몰라, 내 몸을 잘 움직여줄 수 있는 체육관을 찾았다. 어쩐지 아버지와 어머니도 새로 찾은 기분이다.

"대회 준비는 잘하고 있냐?"

"오늘 고등부 챔피언하고 연습 시합 붙었는데, 2라운드까지 갔어요."

"그쪽이 봐준 건 아니고?"

"아니에요. 죽기 살기로 덤비던데요, 뭐."

"녀석, 이제 농담도 제법 하네."

"진짜라니까요."

"그래, 우리 몸, 우리가 그렇게 데리고 살자."

아버지와 내가 가지고 있던 열등감. 이 열등감이 아버지를 키웠을 테고 이제 나도 키울 것이다. 열등감 이 녀석, 은근히 사람 노력하게 만든다. 썩 마음에 들지는 않지만 영 나쁜 것 같지도 않은 게 딱 똥주다.

"저녁때 관장님 찾아뵈어야겠다. 언제 한번 뵙는다고 해놓고 여태 못 갔다."

"성남에 계실 텐데……. 전화해보고 가세요."

관장님은 성남 정 관장님과 식사를 하지 않았다. 나와 방향을 달리해서 온 것뿐이었다. 우리는 텅 빈 체육관에서 삼겹살을 구웠다.

"애비가 못나서 이제 옵니다."

아버지는 관장님 잔에 술을 따랐다.

"스승이 못나서 저놈을 마저 못 봐주고 갑니다."

"무슨 말씀이신지?"

아버지가 물었다. 불길했다.

"완득이 대회를 마지막으로 체육관 문 닫습니다. 완득이는 제가 링 위로 올려 보내는 마지막 아이가 될 겁니다."

"관장님!"

불길한 예감은 늘 적중한다.

"벌써 문을 닫았어야 했는데, 여기가 그렇게 안 빠지네.

별 신통치도 않던 체육관이 문 닫으려니까 핫산 오고, 너 오더라."

어쩐지 아무리 변두리라도 그렇지 회원이 하나도 없더라니. 간간이 운동하겠다고 온 사람들도 관장님이 다 돌려보냈다고 한다. 세혁이와 수종이는 척 보아하니 오래 갈 녀석들도 아니고, 괜히 쌈질이나 하고 다닐 것 같아서 당분간 받아준 거라나. 후하, 도완득 인생 더럽게 꼬인다.

"이 녀석을 받으면 안 됐습니다. 근데 체격 조건도 좋고, 근성도 남다르더라고요. 제 안에 핵을 품고 있는데, 그거 잘못 뿜으면 여럿 다치겠다 싶어서 받은 겁니다."

관장님은 내 머리를 쓰다듬었다.

건성건성 대충대충인 거 같아도 날카로울 때는 무서울 정도로 날카로운 관장님. 체육관비 한번 제대로 낸 적 없어도 항상 웃으며 내 스파링 상대가 돼주었던 관장님이다. 똥주보다 더 선생님 같고 처음으로 스승의 은혜가 뭔지 알게 해준 분인데 떠난다니. 할 줄 아는 거라고는 주먹질과 발길질밖에 없는데, 그걸로 생전 처음 뭘 해보겠다고 꿈꿔봤는데 떠난다니. 뭐 이런 좆같은…….

"어디로 가시는데요."

"알면?"

“따라가서 운동하게요.”

“거기서 어떻게 운동을 해.”

“어딘데요!”

“우리 마누라가 많이 아프다. 의사가 공기 좋은 데서 지내래서 홍천으로 간다.”

“강원도요?”

“그래. 젊어서 맞고 때린 사람은 난데, 왜 마누라가 아파. 내가 하도 맞고 다녀서 그런지 속이 다 쪼그라든 모양이야.”

전생에 무슨 업보가 쌓였나. 내 주위 사람들은 왜 하나같이 이런지 모르겠다. 아들 손자 며느리 다 모여서 개굴개굴 노래한다는 그 행복한 가정들은 어디 가고, 뭐가 하나씩 모자란 사람들만 득실하다.

“자주 찾아갈게요.”

“홍천에?”

“네.”

“어허, 완득이 아버지. 이 녀석 온답니다.”

관장님이 아버지를 보며 허허 웃었다.

“고기 좀 드십시오. 빈속에 자꾸 술만 드시니, 원.”

아버지는 웃으며 관장님 쪽으로 고기를 밀었다.

"지난번에 승단 심사 본 성북동 체육관 알지? 거기에 말해뒀다. 멀어도 운동 꾸준히 해라. 그리고 꼭 이기고 와. 알았지? 하하하."

"……."

띠리리 띠리리리.

사무실에서 전화벨이 울렸다.

"제가 받을게요."

나는 얼른 달려가 전화를 받았다.

"완득이니?"

정윤하였다. 급하고 빠른 목소리였다.

"너…… 웬일로……."

"교회로 갈게. 지금."

뚝.

뭐야. 누가 언제 간대? 자기 마음대로 끊고 난리야.

"누구냐?"

관장님이 물었다.

"그냥, 아무도 아니에요. 아버지, 저 먼저 집에 갈게요."

"왜?"

"두 분 말씀 나누시라고요."

"그래라."

나는 관장님께 슬쩍 인사하고 체육관 문을 열었다.

"완득아!"

"네?"

"대회 끝나면 여기 문 닫으니까, 얼굴 한번 보자고 해라. 그새 정들었어."

"누구한테요?"

"누구긴 누구야, 아무도 아닌 그 녀석 말이지."

관장님은 아버지 잔에 술을 따랐다. 아버지가 나를 흘긋 보았다. 나는 얼른 체육관을 나와 버렸다. 관장님 웃음소리가 밖까지 들렸다.

첫 키스는 달콤하지 않았다

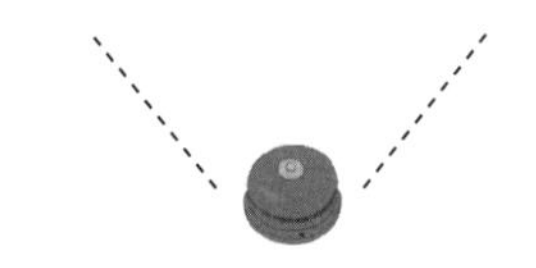

정윤하는 이십 분이나 기다린 뒤에야 교회로 들어왔다.

"엄마랑 아빠 여행 갔어. 그래서 이모가 학원으로 데리러 오는데 오늘만 봐달라고 했지. 이모가 엄마보다 융통성이 있거든. 그래도 오래 못 있어. 엄마가 집으로 확인 전화하니까 얼른 가야 돼."

말로만 운동하던 애라 그런지 무지 빠르게 말했다.

"왜 불렀어?"

"사과하려고."

"뭘?"

"우리 엄마 갔었지? 미안해. 우리 엄마는 남자 여자가 만나면 다 사귀는 건 줄 알아. 좀 고리타분하지."

"니가 가고 싶어서 대학 가는 거냐, 부모님 때문에 가는 거냐?"

"내가 가고 싶어서 가는 거야."

"안 간다는 것도 아닌데, 네 어머니는 왜 그렇게……."

"내가 중간에 삐딱선 탈까 봐, 괜히 맘 졸여서 그러지."

"넌 왜 대학 가는데?"

"넌 왜 안 가는데?"

"나야 머리 안 되고, 관심도 없으니까."

"나는 머리 되고, 관심이 많으니까."

"말 되네."

"기자 될 거야. 종군기자."

"그거 혹시 전쟁터에 가는 기자 아니냐?"

"맞아. 대학 가면 배낭여행 하면서 여러 나라 다녀보고, 그런 경험 쌓아서 기자 될 거야. 영웅 심리로 전쟁터 가는 거 아냐. 제대로 된 기사 하나면 전쟁터의 많은 아이들을 도와줄 수 있어."

"니가 전쟁에 그렇게 관심 많은 줄 몰랐다."

"몇 년 전에 미술관에서 그림을 본 적이 있어. 전쟁에 관한 거였는데, 미국 애들 럭비 하면서 환하게 웃는 그림 옆에, 피 묻은 붕대를 얼굴에 감은 이라크 아이 그림이 나란히 걸려 있더라. 눈물 한 방울 없는 그림이었는데 눈물이 보였어. 아파서 보이는 그런 눈물이 아니었어."

"아니면?"

"증오. 그 그림이 그렇게 말했어."

"그래서 죽도록 공부하는 거야?"

"너도 만날 맞으면서 또 운동하잖아, 네 꿈을 위해서. 나도 그래. 내 꿈을 위해서 죽어라고 공부하는 거야. 내가 나중에 편하게 움직일 수 있도록 미리 배워두는 거라고."

"그걸 꼭 대학 가서 배워야 하냐?"

"넌 꼭 체육관에 가서 운동해야 하니?"

"뭐?"

"자기가 배우고 싶은 게 있는 곳에서, 공부를 하든 운동을 하든 하는 거 아냐. 너 태권도장 가서 킥복싱 하겠다고 하면 누가 가르쳐줘? 아무 지식도 자격도 없이, 카메라 한 대 들고 전쟁터 누비면 다 취재할 수 있대?"

"하여간 말은 되게 잘해."

"배울 거 다 배우고, 세상이 나한테 뭐라고 못 하게 만든 뒤에, 뛰어다닐 거야. 내 이름을 걸고 취재하러 다닐 거라고."

"이상한 게 말이야. 넌 항상 맞는 말을 하는 거 같기는 해. 근데 다 듣고 나면 되게 재수 없어. 참 신기한 재주네."

"생각 없이 간판 따러 가는 애들보다 낫잖아."

"그 애들 꿈이 간판인가 보지. 네 꿈만 중요하고 그 애들 꿈은 안 중요하냐?"

"그렇다면 할 수 없고. 근데 너 눈이 완전히 함몰됐어. 왜 그래?"

"낮에 싸웠다."

"운동하면서 맞고 다니니? 너 싸움 잘한다는 소문 있던데."

"싸움하려고 운동하는 줄 아냐?"

"눈동자까지 충혈됐네. 너 나 보이니?"

정윤하는 얼굴을 바짝 들이대고 내 눈을 살폈다. 그래서…… 그래서 뽀뽀해버렸다. 첫 키스인데 생각보다 달콤하지 않았고 쑥스럽지도 않았다. 물컹물컹한 토마토에 입을 댄 것 같았지만 기분 나쁘지도 않았다.

"야!"

"왜?"

"너 선수지?"

"응."

"킥복싱 말고!"

"그래, 킥복싱 말고."

"뭐 이런 게 다 있어? 네가 내 남자친구야? 너 미쳤어!"

"나가자. 똥주 나타날지 몰라."

"나타났다, 새끼야."

늘 그랬듯이 기가 막힌 타이밍이다.

"싸가지 없는 새끼. 어디서 선생님한테 똥주야! 니들 딱 붙어서 뭐 했어?"

"뽀뽀했는데요."

"미친놈. 윤하야, 내가 몇 번을 말해, 저 새끼랑 다니지 말라고. 얼른 집에 가!"

"네."

나는 정윤하 손을 잡고 교회를, 아니 똥주가 산 집을 나왔다.

"그 손 놓고 가!"

나는 더 꼭 잡았다.

"시합 때 올 수 있어?"

"너 하는 거 보면 별로 가고 싶지 않은데, 매니저라 할 수 없이 간다."

"집에서 어떻게 나올래?"

"게릴라전으로."

정윤하는 씨익 웃고 택시를 잡았다. 재수는 없는데 귀여운 구석이 있는 애다.

개천에 얼음이 얼었다. 그래서 그런지 자꾸 웃음이 났다. 아니 무슨 물도 별로 없는 개천이 얼고 그래. 아이참, 저거 얼어도 썰매 못 타잖아. 아이고 배야, 개천이 자꾸 나를 웃겼다. 계집애가 겁도 없지 무슨 종군기자야. 하하하. 아우, 왜 오늘따라 종군기자라는 말이 다 웃겨. 오다가 꽃 냄새 나는 껌을 씹었나? 이히히.

"완득아."

똥주가 그새 따라왔다.

"아버님 오셨다며? 지금 계시지?"

"아뇨, 체육관에서 관장님하고 술 드세요."

"아 진짜, 나한테는 연락도 없이 둘이서만 술 푸고. 이거 받어라."

똥주는 생닭이 두 마리나 든 봉투를 내밀었다.

"이걸 왜."

"그 질긴 것도 고기라고 드시는데, 짠하더라. 연하게 푹 고아드려라."

아이고 배야. 아니, 오늘 왜 이러는 거야. 선생님, 우리 아버지 원래 그 고무 모형 닭 좋아해요. 이거 해줘도 안 먹는다니까요. 하하하.

"그래도 효자네. 아버님한테 고기 해줄 생각 하니까 좋냐?"

"내일 아침에 꼭 해드릴게요."

"너도 시합 있잖아. 한 마리는 너 먹어라."

"고맙습니다!"

똥주가 집으로 들어갔다. 생각해보면 입이 좀 더러워서 그렇지 썩 나쁜 인간은 아니다. 이번에는 홀딱 벗은 생닭이 날 웃기네. 푸하하하.

어머니한테 전화를 했다.

"바쁘세요?"

"아니, 이제 퇴근하는 길이야. 무슨 일 있어?"

생전 전화도 안 하던 내가 밤낮으로 전화하니까 이상했던 모양이다.

"무슨 일은요. 저기, 백숙 어떻게 하는 거예요?"

나 백숙 할 줄 안다. 혼자 산 긴 세월의 내공은 그냥 생기는 게 아니다. 하지만 전화를 하고 싶었고 마침 닭도 있었다.
“백숙 먹고 싶어?”
“아뇨. 선생님이 닭을 두 마리나 사주셨어요.”
어머니는 똥주가 사준 닭이 폐닭이 아니라는 걸 눈치챘다. 그래서 마늘 넣고 소금 넣고 나중에 대파를 넣은 뒤, 너무 푹 익히지 말라는 당부를 했다. 순전히 아버지를 위해서다.
“미안하다. 같이 있어주지 못해서.”
“꼭 같이 있어주지 않아도 돼요. 가끔 전화할게요.”
“고맙다.”
나는 전화를 끊었다. 저런 소리를 듣고 싶어서 한 건 아니니까.
아버지는 몸도 못 가눌 정도로 술을 마시고 왔다. 저 정도가 되려면 못해도 혼자서 소주 세 병 이상은 마신 거다. 닭은, 한 마리는 백숙을 하고 한 마리는 닭볶음탕을 해야겠다. 안 그러면 아버지는 입에도 안 댈 게 뻔했다. 밤새 잠이 안 왔다. 비실비실 웃음이 났다. 아, 자야 되는데…….

자명종 소리에 깜짝 놀라 일어났다. 나는 대충 모자를 눌러쓰고 서둘러 신문을 돌리고 왔다.
따악! 따악! 따악!

닭볶음탕을 하기 위해 부엌칼로 닭을 내려쳤다. 이른 새벽에 울리는 부엌칼 소리는 나조차 섬뜩했다.

"뭐냐?"

아버지가 방문을 빼꼼 열고 물었다.

"닭이요. 선생님이 아버지 오셨다고 사주셨어요."

"그래? 인사도 못 했는데 죄송스럽게……."

"더 주무세요."

"아니다. 아침 다 되면 선생님 좀 모셔 와라. 같이 드시자고."

"네."

그래서 똥주는 우리 집에서 아침 식사를 하게 되었다.

"완득이 솜씨 좋네. 장가가도 되겠어. 아버님 많이 드세요. 국물 죽이는데요."

아버지는 이번 백숙은 먹는 둥 마는 둥 했다. 폐닭이 아니라 텁텁하다고 느꼈을 것이다.

"어젯밤에 술을 하도 마셨더니 입맛이 없네요."

"그래도 그 고무 같은 고기 아니니까 잘 씹힐 거예요. 억지로라도 드세요."

"예. 그나저나, 전에 말씀하셨던 거요."

"생각 좀 해보셨어요?"

"젊은 애 데리고 시장 다니는 것도 그래서 민구 보냈습니다. 그런데 곰곰이 생각해보니까, 선생님 제안이……."

"이제 보니 민구가 없었네. 나한테 인사도 없이 어디 갔어."

"그놈 인물 좋고 춤이 좋아서 찾는 데가 아직 있습니다. 내가 가라니까 가는 거밖에 모르고 갔어요. 너무 서운해하지 마세요."

"예. 그럼 일은 언제부터 가능할까요? 저도 준비를 해야 돼서."

아버지가 똥주랑 무슨 일을 하려는 모양이다.

"마음만 먹으면 오늘부터라도 당장 준비할 수 있습니다. 모아둔 자금이 좀 있으니까 인테리어 정도는 할 수 있을 거예요."

"영업신고부터 해야겠네요."

인테리어, 영업신고? 똥주 이게 아버지 꼬드겨서 무슨 짓을 하려고.

"뭘 그렇게 봐, 새끼야. 아버님하고 예술 생활 좀 하겠다는데."

"댄스 교습소를 해볼 생각이다."

아버지는 쑥스러운지 국물을 쭈욱 들이켰다.

맙소사. 아직도 지붕에 십자가가 떡! 세워진 똥주 집에다 댄스 교습소를 차린단다. 아버지 이름으로 등록을 하고, 아버지가 정식으로 춤 선생님이 되는 것이다. 공동 투자자는 똥주다. 전부터 똥주가 아버지한테 해보자고 한 사업이란다. 아버지는 춤을 좋아하는 춤꾼이었지 선생님이 된다는 생각은 못 했었다. 그런데 삼촌을 그렇게 보낸 게 마음에 걸린 모양이었다. 물론 아버지도 아직 춤을 버리지 못했다. 음악 한 곡 끝날 때까지 온전히 춤출 수 없는 시장에서 춤에 많이 목말랐을 것이다.

"민구 오라고 하세요."

"그러려고요. 민구만큼 자이브 나오는 사람 별로 없습니다."

"나는 민구 삼촌 차차차가 좋던데."

정말이다. 나도 모르게 툭 튀어나왔다.

"새끼가, 너는 킥복싱이나 열심히 하셔. 근데, 너 차차차 잘 춰?"

"못 추는데요."

"여태 차차차도 안 배우고 뭐 했냐?"

"선생님은 출 줄 알아요?"

"내 몸에 춤 있어, 새끼야. 금방 배울 거야."

하여간, 똥주하고 정윤하의 유일한 공통점은 입으로만 뭘 한다는 것이다.

"선생님…… 고맙습니다."

"저 고마운 사람입니다. 설마 저한테도 교습료 받는 건 아니죠? 전에 보니까 민구가 추던 디스코가 맘에 들던데요, 전."

"선생님, 요즘에는 영업장인가 회산가 신고 안 하세요?"

"다 먹고살자고 하는 일인데, 예술 좀 하면서 하면 안 되냐?"

어찌나 예술적이신지. 나는 선생님 국그릇에 내 고기를 덜어주었다.

"새끼, 철들었네."

나도 어느새 폐닭에 익숙해졌나 보다. 씹기도 전에 뚝뚝 끊어지는 이 퍼석한 닭 정말 별로다.

"고기…… 더 드실래요?"

"됐어. 토요일 날 시합 있잖아. 너 먹어."

그냥 좀 더 드시지…….

뚜루루루 뚜루루루

"아침부터 웬 전화냐?"

"제가 받을게요."

나는 얼른 전화를 받았다.

"아침운동 했어?"

정윤하였다.

"응. 어쩐 일로 전화를……."

"우리 엄마 아빠 여행 갔다니까."

아버지와 똥주가 나를 보았다.

"오늘 체육관 몇 시에 나가?"

"아침 먹으면 바로 가야지."

"그게 몇 시냐고!"

정윤하가 갑자기 소리를 지르는 바람에 나도 모르게 화들짝 놀랐다.

"여, 여덟, 아니, 아, 아홉 시쯤."

"저게 왜 갑자기 민구가 돼서 난리야."

똥주가 국물을 사발째 들고 마시며 말했다.

"끊어."

"왜? 누구 있어? 혹시 아빠 오셨어?"

"응."

"어머, 나 몰라. 끊어."

나는 수화기를 내려놓고 다시 밥상 앞에 앉았다.

"너도 이제 휴대폰 사야 될 것 같지?"

"체육관하고 집만 왔다 갔다 하는데 무슨."

얼굴이 훅 달아올랐다.

"요즘에는 공짜폰인가 뭔가도 많다던데. 이참에 하나 장만하자."

아버지가 아무래도 이상한 상상을 하는 것 같다.

휴대전화, 필요할 수도 있다. 이제 아버지가 집에 계신다. 있어야 할 것 같다.

"싼 놈 한번 알아봐. 학생이 좋은 거 뭐 필요하겠냐."

"이따가 체육관 다녀오면서 그냥 한번 알아볼게요."

"완득이, 너도 잘하면 인 서울 하겠다?"

"네?"

"혹시 아냐, 인 서울하고 다니면 인 서울 할지. 어, 국물 좋다!"

똥주 눈치가 백 단이다. 아버지한테 말하면 어떡하지? 휴대전화 알아보지 말까? 그래도 문자하고 전화만 되는 걸로 알아보자. 주머니에 들어갈 수 있는 작은 걸로. 다른 기능은 별로 필요하지 않으니까. 흠.

"나비처럼 날아서 벌처럼 쏜다니. 니가 나비처럼 우아하게 날 때 상대가 벌처럼 쏘면 어떡할래? 우아하게 날갯짓하게 누가 그냥 둔대? 잊지 마라. 침착하게 끊임없이 움직이는 거야. 방어하기 위해. 공격하기 위해. 힘껏 당긴 고무줄을 탁! 놓은 것처럼 빠르고 깊게."

"네."

관장님 목소리가 사뭇 달랐다. 근래에 보기 드문 진지한 모습이었다.

"몸무게가 간당간당한다. 안정되게 74킬로그램으로 유지하고 있어. 괜히 잘못하면 미들이라도 헤비로 올라간다. 그럼 피곤해져."

"네."

"체육관 친선대회라고 얕보지 마라. 그런 체육관에서 아마든 프로든 챔피언이 나오는 거니까."

"네. 저, 가볼게요."

"괜히 시합 앞두고 무리하지 마라. 날씨도 찬데 몸 다치면 끝이야."

나는 체육관을 나왔다. 떠나는 사람의 뒷모습인가 앞모습인가. 말보다 행동이 앞서던 관장님이 행동은 줄이고 말만 늘었다. 그 모습에 내 어깨가 다 축 처졌다.

못 찾겠다, 꾀꼬리

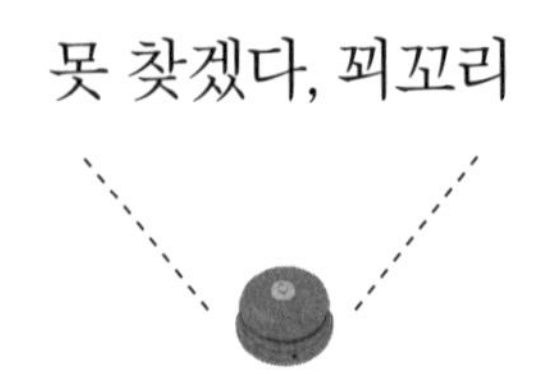

겨울이 겨울답지 않게 덥던 날. 정윤하가 게릴라전에 실패하고 대회에 못 온 날. 아버지가 댄스 교습소 원장님으로 등록된 날. 민구 삼촌이 돌아온 날. 아들 시합에 안 보내준다고 어머니가 식당을 그만두고 온 날. 내 인생의 정식 첫 시합날. 1라운드에서 또다시 TKO로 패한 날, 관장님이 떠났다. 낡아빠진 운동기구 몇 개 우리 집 옥상에 남겨두고 휘리릭 떠나버렸다. 내 인생에 TKO 패를 두 번 남기고 떠난 사람. 사나이로서 약속한다. 나도 상대에게 두 번의 TKO 패를 남기고 멀리 있는 내 스승님을 찾겠다고.

"야, 야, 벌써 스탑워치 눌렀어. 승부 갈렸다고. 니들 고2거든? 하려면 초등학교 때부터 미리 공부를 해두던가. 아니다, 요즘은 유치원 때부턴가? 이제 와서 좆나게 공부해도 니들 대학은 다 정해졌다니까."

똥주는 2학년 때도 혁주와 내 담임이 되겠다던 혼자만의 약속을 지켰다. 그리고 정윤하까지 우리 반에 합류시키는 기염을 토했다. 자기가 도끼눈을 뜨고 나한테서 정윤하를 지키지 않으면 뭐가 어떻게 된다나.

"야자 특별관리 기간이다. 완득이! 아버님 춤은 내가 전수받아. 샘난다고 괜히 알짱거리지 말고 운동이나 열심히 하셔."

아, 진짜 똥주. 내가 무슨 업보가 그리 많아 저 사람을 만났는지.

똥주는 교실을 나갔다.

"야, 니네 아빠 요즘에는 담탱이랑 카바레 다니냐?"

"너 또 손가락 부러지고 싶어?"

혁주는 2학년이 돼도 여전히 똘아이 짓을 했다.

"정윤하 저거, 왕따 당해서 전학 갈 줄 알았는데 잘 버틴다."

이래서다. 이래서 한번 왕따는 영원한 왕따가 되는 것이다. 그냥 가만히 있으면 되는데 굳이 옛날에 그랬지 하는 바람에, 옛날이 오늘 또 재현되는 것이다. 초딩도 아니고 고딩씩이나 돼서……. 나는 가벼운 미들 킥을 날렸다.

"씨발 새끼……. 너…… 정학당할 줄 알아."

혁주는 그대로 고꾸라졌다.

나는 가방을 들고 교실을 나왔다.

그리고…… 눈치 빠른 사람이라면 벌써 눈치챘을 것이다.

"야, 이 싸가지 없는 새끼야. 야자 땡 까는 건 좋은데, 내가 복도에서 사라지면 까, 새끼야. 이번에 좋은 거 많이 나왔다. 따라와."

그렇다. 똥주다. 우리는 시계 시침과 분침처럼 멀어졌다가도 악착같이 만난다. 조물주가 정해놓은 그곳에서 반드시 만나야 하는 것처럼. 일 년 넘게 지겹도록 앞서거니 뒤서거니 뱅뱅 돌며 만났다. 누가 우리 등 뒤에 달린 태엽을 쉬지 않고 감고 있는 모양이다. 운명이, 내가 분침이고 똥주가 시침이라면…… 저놈의 시침, 고장 나서 콱! 빠져버렸으면 좋겠다.

부웅.

피곤한 매니저에게서 메시지가 왔다.

체육관에 도착하면 메시지 남겨

요즘은 성북동 체육관에서 세혁이와 가장 기초 자세인 버터서기를 하고 있다. 수종이는 성북동 체육관이 너무 멀다고 킥복싱을 그만뒀다. 여하튼, 고등부 챔피언과의 비공식 시합과 체육관 친선대회 출전 경력을 가지고 있는 내가 중2짜리 세혁이와 나란히 이러고 있는 거 심하게 민망하다.

"형, 오늘 자세 좋으면, 내일 팔굽방어 들어간대."

"알아."

"니들 조용히 안 해? 이 노인네는 조폭 꿈나무들을 왜 여기에 버려두고 갔어."

새 관장님은 뒤에 걸린 샌드백을 뻥! 걷어차고 다른 회원들이 있는 곳으로 갔다.

"형, 우리 여기 접수할래?"

제발 다음 달부터는 너나 여기 회원으로 접수하지 마라.

"관장님, 이젠 개나 소나 다 받아요?"

지난번 여기 와서 승단 심사 볼 때부터 거슬렸던 놈이다.

"개나 소나? 완득이하고 강호, 복장 갖추고 링 위로 올라와."

고1 박강호. 너 오늘 죽었어.

"형, 아주 아작을 내버려. 파이팅!"

나는 세혁이의 파이팅을 받고 링 위로 올라갔다.

"박스."

퍼퍽! 퍽! 퍽!

10, 9, 8, 7, 6, 5, 4, 3, 2, 1. TKO 박강호 승! 선제 킥으로 360도 상단 돌려차기가 들어올 줄 몰랐다. 근사한 하이 킥이다. 목뼈가 부러진 것 같다. 연습 게임에 안면 공격을 해? 이거 반칙 아냐? 스승님…… 아무래도 홍천까지 가려면 시간이 걸릴 것 같습니다. TKO 승 세 번으로 늘어났거든요. 그래도 꼭 갑니다. 기다리세요.

"나 이것 참. 붙을 만할 것 같았는데. 흠."

새 관장님은 뒷짐을 지고 사무실로 들어갔다.

"형, 괜찮아? 형!"

세혁이가 링 안으로 들어왔다.

"우리 여기 접수 못 하는 거야?"

"조용히 해, 새끼야…… 쪽팔려."

나는 목도리처럼 수건으로 목을 꽉 조여 매고 천천히 링 아래로 내려왔다.

"도완득! 매니저라는 사람한테 열나게 메시지 온다, 확인 좀 해봐!"

아, 정윤하 저거…….

"개나 소나 매니저야."

박강호 씹새야. 너 1학년이라 봐준 거야. 내가 몸만 제대로 풀렸으면 넌 죽었어.

"왜 남의 가방은 뒤지세요."

사범님은 내게 휴대전화를 내밀었다.

"벌레처럼 계속 윙윙대니까 급한 건 줄 알았지."

나는 탈의실 구석으로 가서 메시지를 확인했다.

도착했어?

너 어디야. 체육관 아니지?

왜 메시지 안 남겨?

거기 어떻게 가는 거야?

거의 오 분 간격으로 메시지가 도착해 있었다.

연습 게임 있었어

메시지 보낸 지 몇 초도 안 돼 정윤하에게서 메시지가 도착했다.

이겼어?

당연하지

설마 TKO?

OK

축하 축하

너 대학 간다며. 공부 안 하냐?

신경 꺼. 내가 다 알아서 하니까

운동하러 가야 돼

이따가 또 메시지 보낼게

나는 휴대전화 배터리를 빼버렸다……가 다시 끼웠다. 여자와 휴대전화, 참 거시기한 존재다.

옥상에 빨래가 가득하다. 어머니가 다녀간 모양이다. 어머니는 전에 다니던 식당을 그만두고 바로 옆에 있는 식당에 취직했다. 그리고 보란 듯이 다닌다. 식당이라는 데가 사람 구하기 힘든 곳인데 전 주인 배 좀 아플 거란다. 전에 이미 확인했지만 은근히 성질 있는 어머니다. 어머니가 새로 옮긴 식당은 한 달에 네 번 쉰다. 식당 주인이 독실한 크리스천이라 주일마다 쉰다. 그래서 그런지, 어머니…… 꽤 자주 온다. 그리고 십자가 대신 이제 '神(신)나는 댄스' 간판이 세워진 교습소 옆 쉼터에 자주 간다. 그런데 쉼터보다 아직 교습생도 별로 없는 교습소에 자꾸 관심을 둔다.

"여자도 많니?"

"대부분 여자 같던데요."

"그래……."

어머니 요즘 화장하신다. 처음 봤을 때보다 많이 예뻐졌다.

아버지가 이론을 맡고 삼촌이 실습을 맡았다. 똥주는 여자 교습생과의 수다를 맡았다. 그리고 나는 잡일을 맡았다. 그 잡일의 일환으로 오늘 전단지를 돌려야 한다. 교습소에 사람을 끌려면 꼭 돌려야 한다고 똥주가 이백 장이나 만들어 왔다. 신문 보급소에 가기 전에 화장실에 숨겨놓고, 신문을 가지고 나와 다시 들고 가야 한다. 이게 다 똥주 아이디어다. 어차피 내가 신문 돌리는데 돈 주고 보급소에 맡길 필요가 없다는 것이다.

"댄스의 신이 되고 싶습니까? 여기 댄스의 신이 나오는 교습소가 있습니다. 차차차, 지르박, 자이브, 디스코, 어떤 춤의 신이 되고 싶습니까!"

전단지 내용 봐라. 교습소 이름 지을 때부터 똥주 실력 알아봤다. 내용은 좀 그래도 신문에 잘 끼워 전단지를 돌렸다. 신문을 보지 않는 집에도 틈만 있으면 밀어 넣었다. 교습생이 늘었으면 좋겠다. 앞집 아저씨가 오늘 회원 좀 데리고 온다고 했는데…….

벌써 새벽바람이 따뜻하다. 나는 옥상 끝에 서서 십자가가 잔뜩 박힌 동네를 내려다보았다. 똥주가 산 교회는 이제 빨간색 십자가 대신 빨간색 댄스 교습소 간판을 달고 있다. 똥주는, 학교에서는 그냥 교습생이라고만 하란다. 나한테는 속에 있는 뭔가를 먼저 얘기하라나 뭐라나 그러더니, 자기는 투자자라는 말이 학교에서 나오면 무조건 나를 어떻게 한다고 협박이다. 그러면서 교습소에는 꼬박꼬박 나온다. 혹시 아버지가 교습료를 혼자 꿀꺽할까 봐 감시하러? 자기네 아버지 돈도 되게 많다면서, 그 아버지에 그 아들이다. 퉤퉤! 근데…… 교회인 척했던 그 집이 조금 그립다.

하—. 이 동네 집들 진짜 따닥따닥 붙어 있다. 내가 세상으로부터 숨어 있기에 딱 좋은 동네였다. 왜 숨어야 하는지 잘 모르겠고, 사실은 너무 오래 숨어 있어서 두렵기 시작했는데, 그저 숨는 것밖에 몰라 계속 숨어 있었다. 그런 나를 똥주가 찾아냈다. 어떤 때는 아직 숨지도 못했는데 "거기, 도완득!" 하고 외쳤다. 술래에 재미를 붙였는지 오밤중에도 찾아댔다. 그래도 똥주가 순진하기는 하다……. 나를 찾았으면 자기가 숨을 차례인데, 내가 또 숨어도 꼬박꼬박 찾아줬다. 좋다. 숨었다 걸렸으니 이제는 내가 술래다. 그렇다고 무리해서 찾을 생각은 없다. 그것이 무엇이든 찾다 힘들면 '못 찾겠다, 꾀꼬리'를 외쳐 쉬엄쉬엄 찾고 싶다. 흘려보낸 내 하루들. 대단한 거 하나 없는 내 인생, 그렇게 대충 살면 되는 줄 알았다. 하지만 이제 거창하고 대단하지 않아도 좋다. 작은 하루가 모여 큰 하루가 된다. 평범하지만 단단하고 꽉 찬 하루하루를 꿰어 훗날 근사한 인생 목걸이로 완성

할 것이다.

그나저나 꼭꼭 숨은 TKO 승, 빨리 찾아내야 하는데 어째 지금은……. 에라,

"못 찾겠다, 꾀꼬리!"

새벽 공기를 가르고 개천까지 쭉 뻗을 만큼 크게 외쳤다. 후련하다.

"완득아! 완득아, 새끼야! 꾀꼬리는 얼어 죽을, 어제 호박죽 나왔지! 하나 던져!"

이런, 똥주다. 이제는 새벽부터……. 지금 선생님 찾은 거 아니거든요. 갑자기 동사무소 뒤에 있는 십자가가 맘에 들기 시작한다.

| 작가의 말 |

아이스께끼가 너무 좋았던 어린 시절, 알래스카 빙산의 일부를 아이스께끼 산으로 만들겠다는 꿈을 꾸었다. 장난감 워키토키를 차고 남의 집 담장에 매달려 석류 하나를 몰래 따서는 우리 집 부엌에 수류탄처럼 투척하고 세계 최고의 특수요원이 되겠다는 꿈을 꾸기도 했다. 밥하고 있는데 갑자기 석류가 날아와 너무 놀랐다는 어머니는, "얘가 뭐가 되려고 이래!"라고 하셨다. 그때가 시작이었다.

어머니는 내가 중3 때 고등학교 입시를 코앞에 두고도 농구를 보러 줄기차게 장충체육관에 드나들자 경고성 충고로 또 그 말을 하셨고, 고등학교 때는 홍콩영화에 푹 빠져 쿵푸를 배워야겠다고 선포하자 분노성 충고로 또 그 말을 하셨다. 그리고 '너는 꿈도 없냐'며 내 꿈까지 의심하셨다. 꿈은 많았는데, 진짜 꿈이 무엇인지 정확하게 몰라 방황하던 시절이었다. 어머니는 결국 내 머릿속을 현미경으로 들여다보지 않고서는 알 수 없겠다며 체념하기에 이르렀다.

툭하면 방문을 꼭꼭 걸어 잠그고 틀어박혀 있던 딸내미 때문에 어머니는 한숨조차 편히 내쉴 수 없었을 것이다. 참 속상했겠다. 면목 없고 죄송스럽다. 어쩌면 『완득이』는 그런 죄송스러움을 바탕에 두고 썼을지 모른다. 나 사실은 그때 그랬다고, 그런 마음이었다고, 그래서 죄송하다고. 하지만 그렇게 보낸 학창 시절을 후회하지는 않는다고. 어머니는 요즘 나에 대해 조금 안도하는 눈치다. 그런데 나는 어째 몸이 슬슬 근지러운 게, "얘가 뭐가 되려고 이래!"라는 말을 또 들을 것 같은 불길한 예감이 든다.

『완득이』는 2007년 제1회 '창비청소년문학상'을 받았는데, 성인 독자들도 두루 읽으면 좋겠다는 의견에 따라 양장본을 같이 출간하게 되었다. 더욱 많은 독자와 만날 수 있게 되어 기쁘고 감사하다.

『완득이』에게 '창비청소년문학상'이라는 근사한 메달을

걸어주신 원종찬, 공선옥, 김연수, 박숙경 선생님이 떠오르는 날, 나보다 더 '완득이'에게 신경 써주는 창비 이지영 씨에게 초콜릿을 전하고픈 날, 멀리 계신 황선미 선생님이 그리운 날, 봄을 기다리며.

2008년 3월

김려령

| 특별판 작가의 말 |

책날개의 제 소개 글이 제법 길어졌습니다. 2008년 3월 17일 초판 1쇄 발행 시에는 이보다 간결했던 페이지였습니다. 제 이름보다 훨씬 호명이 많았던 완득이도 그간 꽤 바지런했습니다. 연극으로 영화로 뮤지컬로 음악으로, 심지어 책갈피 모델로도 활약했습니다. 워낙 뚝심 좋은 녀석이라 저를 탄생시킨 작가 따위 뒤로하고 스스로 제 갈 길을 찾아갔습니다. 그러고는 이제 오랜 세월 입었던 옷을 벗고 새 단장까지 합니다. 많은 사랑을 받고 자란 아이 특유의 구김살 없는 예쁜 모습으로. 모두 여러분 덕분입니다. 그 덕에 완득이가 빛날 수 있었습니다.

사랑. 완득이를 표현하기에 가장 간결하고 적확한 말입니다. 생래적으로 행복을 옮기는 그 무엇이 있는 녀석입니다. 아마 첫 시작부터 사랑을 많이 받고 나왔기 때문인 듯합니다. 그 첫 모습을 이지영 편집자가 만들어 주었습니다. 그리고 새 모습은 김준성 편집자가 책임져 주었습니다. 감사합니다. 무엇보다 완득이를 사랑해 주신 독자분들께 깊은 감사의 마음을 전합니다. 제가 지금껏 글을 쓸 수 있는 이유입니다. 고맙습니다. 앞으로도 완득이가 여러분께 다소나마 따뜻한 행복을 전하리라 믿습니다. 늘 행복하세요. 사랑합니다.

2023년 2월

김려령

김려령 金呂玲

1971년 서울에서 태어나 서울예술대학 문예창작과를 졸업했다. 2007년 『완득이』로 제1회 창비청소년문학상을 수상했으며, 마해송문학상, 문학동네어린이문학상 대상 등을 받았다. 2012년 『우아한 거짓말』이 IBBY 아너리스트에 선정되었다. 동화 『내 가슴에 해마가 산다』 『기억을 가져온 아이』 『요란요란 푸른아파트』 『그 사람을 본 적이 있나요?』 『탄탄동 사거리 만복전파사』 『플로팅 아일랜드』 『아무것도 안 하는 녀석들』, 소설 『완득이』 『가시고백』 『너를 봤어』 『트렁크』 『샹들리에』 『일주일』 등을 썼다.

출간 15주년 기념 특별판

완득이

초판 1쇄 발행 • 2008년 3월 17일
초판 97쇄(특별판) 발행 • 2023년 2월 10일

지은이 • 김려령
펴낸이 • 강일우
책임편집 • 이지영 김준성
펴낸곳 • (주)창비
등록 • 1986년 8월 5일 제85호
주소 • 10881 경기도 파주시 회동길 184
전화 • 031-955-3333
팩스 • 영업 031-955-3399 편집 031-955-3400
홈페이지 • www.changbi.com
전자우편 • ya@changbi.com

ISBN 978-89-364-3363-5 03810